AF301233

Tucholsky Wagner Zola Scott Sydow Freud Schlegel
Turgenev Wallace Fonatne
Twain Walther von der Vogelweide Fouqué Friedrich II. von Preußen
Weber Freiligrath Frey
Fechner Fichte Weiße Rose von Fallersleben Kant Ernst Frommel
Richthofen
Engels Fielding Hölderlin
Fehrs Faber Flaubert Eichendorff Tacitus Dumas
Feuerbach Maximilian I. von Habsburg Fock Eliasberg Zweig Ebner Eschenbach
Ewald Eliot Vergil
Goethe Elisabeth von Österreich London
Mendelssohn Balzac Shakespeare Dostojewski Ganghofer
Lichtenberg Rathenau Doyle Gjellerup
Trackl Stevenson Hambruch
Mommsen Tolstoi Lenz Droste-Hülshoff
Thoma Hanrieder
von Arnim Hägele Hauff Humboldt
Dach Verne
Reuter Rousseau Hagen Hauptmann Gautier
Karrillon Garschin
Defoe Baudelaire
Damaschke Hebbel
Descartes Hegel Kussmaul Herder
Wolfram von Eschenbach Dickens Schopenhauer Rilke George
Bronner Darwin Melville Grimm Jerome
Campe Horváth Aristoteles Bebel Proust
Bismarck Vigny Barlach Voltaire Federer Herodot
Gengenbach Heine
Storm Casanova Tersteegen Grillparzer Georgy
Chamberlain Lessing Langbein Gilm Gryphius
Brentano Lafontaine
Strachwitz Claudius Schiller Kralik Iffland Sokrates
Bellamy Schilling
Katharina II. von Rußland Gerstäcker Raabe Gibbon Tschechow
Löns Hesse Hoffmann Gogol Wilde Vulpius
Luther Heym Hofmannsthal Gleim
Roth Klee Hölty Morgenstern Goedicke
Luxemburg Heyse Klopstock Puschkin Homer Kleist
La Roche Horaz Mörike Musil
Machiavelli
Navarra Aurel Musset Kierkegaard Kraft Kraus
Nestroy Marie de France Lamprecht Kind Kirchhoff Hugo Moltke
Laotse Ipsen Liebknecht
Nietzsche Nansen Ringelnatz
Marx Lassalle Gorki Klett
von Ossietzky May Leibniz
vom Stein Lawrence Irving
Petalozzi Knigge
Platon Pückler Michelangelo Kock Kafka
Sachs Poe Liebermann
de Sade Praetorius Mistral Zetkin Korolenko

Der Verlag tredition aus Hamburg veröffentlicht in der Reihe **TREDITION CLASSICS** Werke aus mehr als zwei Jahrtausenden. Diese waren zu einem Großteil vergriffen oder nur noch antiquarisch erhältlich.

Symbolfigur für **TREDITION CLASSICS** ist Johannes Gutenberg (1400 — 1468), der Erfinder des Buchdrucks mit Metalllettern und der Druckerpresse.

Mit der Buchreihe **TREDITION CLASSICS** verfolgt tredition das Ziel, tausende Klassiker der Weltliteratur verschiedener Sprachen wieder als gedruckte Bücher aufzulegen – und das weltweit!

Die Buchreihe dient zur Bewahrung der Literatur und Förderung der Kultur. Sie trägt so dazu bei, dass viele tausend Werke nicht in Vergessenheit geraten.

Eine Mondgeschichte

Oskar Panizza

Impressum

Autor: Oskar Panizza
Umschlagkonzept: toepferschumann, Berlin

Verlag: tredition GmbH, Hamburg
ISBN: 978-3-8424-1024-4
Printed in Germany

Ziel der TREDITION CLASSICS ist es, tausende deutsch- und fremdsprachige Klassiker wieder in Buchform verfügbar zu machen. Die Werke wurden eingescannt und digitalisiert. Dadurch können etwaige Fehler nicht komplett ausgeschlossen werden. Unsere Kooperationspartner und wir von tredition versuchen, die Werke bestmöglich zu bearbeiten. Sollten Sie trotzdem einen Fehler finden, bitten wir diesen zu entschuldigen. Die Rechtschreibung der Originalausgabe wurde unverändert übernommen. Daher können sich hinsichtlich der Schreibweise Widersprüche zu der heutigen Rechtschreibung ergeben.

Oskar Panizza

Eine Mondgeschichte

Erzählung

There are many attempts made by poetical authors
to teach the moon from their writingdesk.

E. Poe

Zu meiner Zeit war es bei Studenten noch nicht Sitte, an einer oder höchstens zwei Universitäten zu studieren, die noch dazu beide im Inlande gelegen sein mußten: wir zogen über die ganze gebildete Welt; waren heute in Prag und morgen in Paris. Und so war es Leyden, wo mir die Geschichte, die ich in den folgenden Blättern erzählen will, passiert ist. – Sollte jemand zu dem Schluß kommen, daß ich bei solcher Freizügigkeit im Besitz besonderer Mittel gewesen, so wäre das ein großer Irrtum; denn ich war blutarm: und diese Armut war es, die mir zu der folgenden Geschichte verhalf. – Oder sollte jemand zu der Meinung gelangen, solches Eilen von Hochschule zu Hochschule müßte mit großem Fleiß vergemeinschaftlich gewesen sein, so wäre dies abermals ein Irrtum; denn ich war faul; und diese Faulheit war es, die mich das folgende merkwürdige Ereignis erleben ließ.

Ich will die Vorgeschichte kurz machen: Ich war Mediziner und wohnte in Kost und Logis bei einer Frau, die zu meinem Unglück das Gegenteil aller übrigen Holländerinnen war. Sind diese dick, gutmütig und behäbig, so war sie mager, scharfsichtig und von teuflischer Flinkheit; an ihrem Leib hielt kein Korsett; die Haube saß stets schief auf einem verwirrten Kopf; wie zwei Basilisken fuhren die kleinen schwarzen Äuglein in ihrem mageren, gelbfaltigen Gesicht umher; ihre Zähne waren so lang, daß sie wie Spieße aus dem Munde starrten; – kam ich nach Hause, so wurde ich von einer Flut von Schimpfworten übergossen; durch eine mir nie bekannt gewordene Methode war sie stets aufs Genauste unterrichtet, wie ich meine Zeit außer ihrem Hause verbracht hatte: zufrieden war sie nur, wenn ich über meinen Büchern saß und studierte; da dies leider selten der Fall war, so lebten wir in ewigem Zank und Streit; schon nach wenigen Monaten kam ich infolge von Geldverlegenheiten ganz in die Gewalt dieser Frau; ich muß zu ihrer Ehre konstatieren, daß sie meine Notlage nur dazu benutzte, um mich zum Studieren zu nötigen: hätte ich ausgehalten, ich hätte zweifellos ein glänzendes Examen gemacht: daß dies nicht geschah, daran trugen mannigfaltige Umstände die Schuld: nicht zum letzten die Furcht, mich nach einem begangenen Exzeß wieder zu Hause zu stellen.

Der stärkste dieser Exzesse schloß sich an ein seltsames Erlebnis in der Anatomie an, nach welchem ich mich acht Tage lang mit einigen meiner schlimmsten Kameraden von Wirtshaus zu Wirtshaus trieb. Als ich am letzten dieser Tage – es war an einem Samstag – einigermaßen zu Vernunft gekommen, fehlte mir der Mut, nach Hause zu gehen: wie ein Hund, der weiß, er kriegt Schläge, lief ich hinaus auf's Feld, um zu überlegen, was zu tun sei. – Wir waren um November. Es war schon dämmrig geworden, und naß und schwer, wie eine feuchte Melone, stieg der Mond am Horizont empor. Es war Vollmond. Ich setzte mich an einem Anger und überließ mich, während ich in's Weite schaute, meinem Nachdenken. – Wie sonderbar, sagte ich zu mir, daß die Studenten von Hause weit fortgehen, in eine neblige, große Stadt, und dort von einem alten, dürren Weib mit langen Zähnen mehr erzogen werden und ganz neue Grundsätze annehmen, als zu Hause von ihrer Mutter! – Während ich so dachte, schien mir, als ob sich am Mond etwas bewegt hätte; ich blickte genau hin, konnte aber nichts entdecken. – Wie sonderbar, fuhr ich fort zu denken, ist ein solcher Student; bevor er seine deutsche Heimat verläßt, küßt er ein blondes Mädchen und sagt zu ihr: »Kind, wenn ich Doktor geworden bin, dann komme ich und heirate Dich!« – Dann zieht er fort in die große, nördliche Universitätsstadt und geht dort auf die Anatomie und zerschneidet tote Körper; eines Tages bekommt er eine weibliche Leiche mit blonden Haaren, und als er im Begriff ist, das Messer anzusetzen, bemerkt er, wie dieselbe seiner blonden Braut im deutschen Städtchen zum Erschrecken ähnlich sieht. Er verläßt sofort seinen Platz und stürzt zum Saal hinaus: dann packt er sein Anatomie-Besteck zusammen, und geht fort, und säuft sich acht Tage lang toll und voll, nur um diesen schrecklichen Gedanken zu vergessen!... Während ich so dachte, schien sich mir wiederum etwas auf dem Mond bewegt zu haben; diesmal viel deutlicher; ich schaute genau hin, konnte mich aber nicht überzeugen; ich beschloß, den Mond jetzt genau im Aug' zu behalten. – Ein solcher Student, fuhr ich in meinem Denken weiter, ist von diesem Moment an ein armer, bejammernswerter Mensch; sein Hauptaugenmerk ist, einen bestimmten Gedanken, eine bestimmte Erinnerung, von seinem Hirn fern zu halten; inzwischen hält man ihn für einen Trunkenbold, Spieler, Schürzengaffer, und ein dürres Weib mit langen Zähnen und triefiger Nase hackt immer auf ihn ein, schilt ihn einen verkommenen Kerl, und droht ihn zum Haus hinauszuwerfen. »Herr Gott!« rief ich jetzt laut weinend aus, »ist es zu verwundern, wenn ein solcher Student mit dem Teufel anbinden möchte, oder einem der altheidnischen Götter sich verschreibt, oder in eine geheime, gotteslästerliche Verbindung mit Sonne oder Mond tritt?!« – In diesem Augenblick geschah bestimmt eine Bewegung auf dem Mond; diesmal war es keine Täuschung, denn die Bewegung hielt an; ich fiel wie vom Blitz getroffen nach vorwärts auf die Hände und starrte mit verrenktem Kopf den Mond an; alle meine früheren Bekümmernisse waren in diesem Moment vergessen.

Welcher Art die Bewegung auf dem Mond war, fällt mir schwer zu beschreiben. Es schien, als hätte die Mondscheibe ihren Platz verlassen, und an ihrer Stelle bliebe ein düsterer, schwarzer Fleck am Himmel; indessen die glänzende Kugel mehr und mehr herabzusinken schien; und indem ich nun von dem näher und näher rückenden Mondball auf die Erde herabmaß, um beiläufig jene Stelle zu finden, auf der, sollte das Unglaubliche geschehen, unser Erden-Trabant landen mußte, entdeckte ich zwei glitzernde Linien, dünn wie Telegraphendrähte, aber funkelnd wie Morgentau, die, vom Mond ausgehend, zur Erde herabreichten, deren irdisches Ende aber zunächst meinem Augenmerk sich entzog. Während ich so mit verhaltenem Atem diese Reihe von Erscheinungen verfolgte, bemerkte ich, daß die zwei hellen Linien, die ich lieber für Schnüre gehalten hätte und die, nach meinem irdischen Maßstab gemessen, etwa anderthalb Fuß auseinanderstanden, durch Querleisten verbunden waren, und wie zu meinem größten Schrecken an diesen Querleisten ein zappelndes gelbes Geschöpf, wie an einer Strickleiter, mit großer Emsigkeit sich herabbewegte, und mit so dünnen Beinen, daß ich, auf die unendliche Entfernung, den Eindruck erhielt, eine gelbe Heuschrecke bewege sich mit großer Leichtigkeit und in scharniermäßigem Einerlei zur Erde herab, den Mond wie einen leichten, lustigen Ballon nach sich ziehend. – Es ist mir ganz unmöglich, anzugeben, wie lange diese Steig-Arbeit dauerte; ich bemerkte nur, daß es vollständig Nacht war und das summende Geräusch aus der nahen, bis tief in die Nacht hinein belebten Stadt vollständig erloschen war, als keine dreihundert Schritt von mir ein langer gelber Mann zur Erde stieg, der hinter sich an einer Schnur den Mond nach sich zog. Obwohl ich die ersten Bewegungen an unserem Himmelskörper mit der größten Spannung, ja mit Schrecken wahrgenommen, ließ mich das endliche fabelhafte Resultat relativ unberührt; ich schließe daraus, daß das Niedersteigen Stunden gewährt haben muß, um einen derartigen unerhörten Akt durch die fortwährende Beobachtung schließlich in seinem Einfluß auf mein Gemüt wirkungslos zu machen. – Der lange gelbe Mann, der, nebenbei gesagt, schrecklich mager war, schien mit etwas nicht zufrieden zu sein; er war auf einem Stoppelfeld, und suchte auf dem Boden herum, dabei fortwährend den Mond hinter sich drein ziehend, und begab sich endlich auf ein frisches Winter-Saatfeld, das, – Gott sei Dank! – nicht in meiner Richtung lag. Dort band er den Mond, der wohl eine Neigung nach oben zu steigen besaß, an einen Pflock fest, holte aus seinem kittgelben Anzug, mir unbegreiflich wie, eine Schaufel hervor, und begann zu graben. – Der Leser wird wohl mit mir der Ansicht sein, daß weit wichtiger, als dieser nächtliche Totengräber, der Mond nun selbst für uns sein müsse, der hier vermutlich begraben werden sollte, und daß mit ihm die nächsten Mitteilungen notwendigerweise sich beschäftigen müssen; der lange gelbe Mann konnte ein Bauer sein, der sich gelb trug, und von der nächsten Anhöhe, vom vollen Mondeslicht begossen, herabsteigend, den Eindruck erwecken, er komme vom Himmel herunter; aber der Mond auf einem frischen Saatfeld, wie ein Kalb an einem Pflock angebunden, verlangt doch eine Erklärung oder mindestens eine genauere Beschreibung. Aber gerade hier beginnt für mich die Schwierigkeit, und der Leser wird in der Lage sein, diese Schwierigkeit voll zu bemessen, wenn ich ihm sage, daß es mir manchmal vorkam, der Vollmond sei noch oben am Himmel an seinem Platz, und erst, wenn ich den Strick betrachte, der vor mir deutlich am Pflocke einschnitt, zog ich an ihm sozusagen den Himmelskörper zur Erde nieder. Über seine Größe kann ich soviel angeben: er war wohl sechsmal so groß, als man den Vollmond bei klarem Himmel über sich im Zenith sieht: aber freilich, bei dunstigem, feuchten Wetter, und gegen den Horizont geneigt, sieht der Mond immer größer aus; die gelbe Kugel, die über dem Saatfeld schwebte, war gewiß so groß, wie der größte Kürbis, der mir vorgekommen: aber vielleicht reduziere ich meine Angabe, wenn ich sage, daß derjenige, welcher die bekannten runden holländischen Käse gesehen hat, groß wie ein Zwanzig-Pfünder, die außen prächtig rosa angestrichen sind, sich am besten eine Vorstellung von dem Umfang des hier so plötzlich vom Himmel genommenen Vollmondes machen wird.

Um mich von der Leuchtkraft dieses merkwürdigen Körpers zu überzeugen, kam mir die Idee, mich umzudrehen und die Landschaft zu betrachten, wie weit sie erhellt sei: aber ich konnte nicht: mir fehlte die Courage ebenso wie die physische Kraft; wie fasziniert glotzte ich in den glühenden Ball, so daß ich zuletzt über den Helligkeitsgrad nicht mehr urteilen konnte, aber soviel glaubte ich zu erkennen, daß durch Zusammensickern der ganze Körper an Ausdehnung allmählich abnahm, ebenso wie er schwerer wurde und dem Erdboden sich zu nähern schien. – Inzwischen hatte der Mondmann, – so will ich von jetzt an der Kürze halber den merkwürdigen Menschen nennen, – hatte der Mondmann, wie ich aus der Menge der herausgeworfenen Erde schließen konnte, ein ziemlich tiefes Loch gegraben; er war von Zeit zu Zeit hineingesprungen, und maß am eigenen Körper die Tiefe des Loches ab; später blieb er dann in der Grube und schaufelte drinnen weiter, und zuletzt verschwand er für meinen Standpunkt vollständig in derselben, während keuchend eine Schaufel Erde nach der andern herausfuhr, und dabei jedesmal eine silberglänzende Zipfelmütze auf einen Moment sichtbar wurde. – Soviel war sicher, dieser gelbe Bauer, mochte er sein, wer er wolle, ein Schatz- oder Totengräber, verrichtete dieses Geschäft nicht zum erstenmal: dafür war er zu alt, arbeitete zu sicher, und war nie verlegen für das, was kommen sollte; in seinem Gesicht, welches ich genau beobachtete, wenn er, bis zum Hals in

der Grube stehend, wie ein glühender Plumpudding über das Land
hinschaute, lag etwas Grämliches, wie von einem alten Weib; er sah
aus wie ein Arbeiter, ein Tagelöhner, der viel verdient, aber über die
Art seiner Arbeit ungehalten ist, daneben schrecklich spart und
knauserig ist; das Gesicht war kittegelb, wie man es bei alten, leber-
kranken Bauern wohl findet, rasiert, mager, und in dem vorstehen-
den Kinn und den dünnen Lippen lag noch ein abgefeimter Zug wie
bei einem Unterhändler, der Hopfen oder Hafer verkauft; das Haar
vollständig ergraut. – Er sprang jetzt, nachdem die Schaufel voraus-
geflogen war, aus der Grube heraus, indem er sich mit beiden Händen aufstemmte und dann ächzend den ausgemergelten Körper
zwischen den Armen nachzog; trotz aller Gewandtheit für den alten
Mann eine brave Leistung. Und nun ergriff er den inzwischen noch
weiter zusammengesinterten Mond-Kloß und schleuderte ihn mit
einer einzigen heftigen Bewegung, daß es zischte, in die Grabe; ich
glaubte dabei gehört zu haben, wie seinem Mund die Worte entfuh-
ren: »Hund, elendiger!« Dann ergriff er rasch die Schaufel und
scharrte alles zu. Aber schon während dieser Arbeit kam es mir vor,
als wenn der Mondmann an Lichtschimmer immer mehr abnahm;
seine Figur, die sich zuerst wie eine glänzende Silhouette vom Boden abgehoben hatte, wurde immer düsterer und matter, sah allmählich nur noch wie ein Gipsmann aus, dann wie ein schmutziger
Müllerbursche, und zuletzt, als das Grab zugeschaufelt war, erkannte ich knapp einen Menschen, der, wie mir schien, einen dunklen Mantel umgehängt, und eine rabenschwarze Zipfelmütze auf
dem Kopf, den Weg in der Richtung nach der Stadt einschlug, und
zuletzt vollständig meinen Blicken entschwand. –

Erst nach geraumer Zeit wagte ich mich aus meinem Versteck
hervor; ich ging vorsichtig in der jetzt stockfinstern Nacht auf die
Stelle zu, wo der seltsame Mann so lange gearbeitet hatte, und entdeckte ein frisch zugeschüttetes Grab, aus dessen Tiefe ein merkwürdiges Geräusch zu kommen schien. Ich legte mich, aus Vorsicht,
ein fremdes geheimnisvolles Werk zu stören, so der ganzen Länge
nach neben das Grab, daß ich den frischen Hügel wie ein Kopfkissen benützte, und hörte, indem ich das eine Ohr auf die feuchte
Erdmasse aufdrückte, ein Brausen, Zischen, Zerplatzen und Ausei-
nander-Puffen wie von einem heftig sich entladenden Feuerwerks-
körper. – Ich kam wieder auf meinen vorigen Gedankengang zu-

rück, der sich bestrebte, alles auf natürliche Weise zu erklären: Nehmen wir an, sagte ich zu mir, der Mann ist wirklich ein Bauer, ein verspäteter Hopfenhändler vom nahen D'decke Bosh, der morgen auf den Markttag nach Leyden geht: geben wir zu, daß ein fast ganz in safrangelbes Leder gekleideter Hopfenhändler und mit einem Gesicht, das nach überstandenem Gallenfieber eine schmutziggelbe Färbung angenommen hat, in voller Mondbeleuchtung einen bläulich-fantastischen Anblick gewährt, und einen mit der Mischung von Safran-Gelb und feuchtem Mondlicht-Grün Unerfahrenen zu täuschen geeignet ist, so bleibt doch immer noch die Frage: was kann ein holländischer Hopfen-Bauer mitten in der Nacht auf einem Feld zwischen Leyden und D'decke Bosh vor einem Markttag vergraben wollen? – Den Mond? – Ja, Du lieber Himmel, kann man denn den Mond vergraben?! – Aber, es schien doch so! – Freilich schien es so, aber es ist doch ein Unding! Wie käm' denn ein Bauer zu einen Mond? – Dann war also alles Täuschung! – Nein, das war es nicht; aber man muß nach etwas suchen, was der Bauer möglichenfalls oder vernünftigerweise vergraben haben konnte; einen Haushaltungsgegenstand oder dergleichen – Vergräbt man denn Haushaltungsgegenstände?! – Nein, aber es konnte irgend ein Aberglaube sein, der sich auf ein rundes, glänzendes Objekt bezog. – Was konnte denn das für ein Aberglaube sein, der sich auf ein rundes, glänzendes Objekt bezog? – entgegnete ich immer mir selber. – Nun, der Bauer konnte ein krankes Weib haben, mit einer entzündeten Brust, oder einem aufgeriebenen Popo; – nun, und? – und eine alte Wahrsagerin im Dorf gebot ihm einen runden Gegenstand genau nach dem kranken Körperteil zu formen, und denselben unter bestimmten Verhaltungsmaßregeln mitten in der Nacht da und dort zu vergraben: wenn der Gegenstand verfault oder vertrocknet, werde das Glied wieder hergestellt sein; – zugegeben! Weiter! – und der Bauer nahm irgend einen runden Gegenstand, der ihm zunächst lag. – Zum Beispiel? – Einen Kürbis oder Potschamber, – und der Bauer, um sicher zu sein, daß das Objekt rascher zerstört werde, füllt die Höhlung mit irgend etwas, Phosphorbrocken, Kalk oder glühenden Kohlen, und geht mitten in der Nacht mit einer Schaufel aufs Feld... »Gott! welche Verirrung!« rief ich halblaut gegen mich selbst aus, und stand vom Boden auf, um durch Bewegung auf andere Gedanken zu kommen: unwillkürlich blickte ich gen Himmel: der Mond war fort! – Eine sternenhelle

Nacht, – die Nebel hatten sich gesenkt, – keine Wolke am ganzen Himmel, – und der Vollmond war fort! – Ich kehrte zum Grab zurück.

»Sollte,« sagte ich zu mir selbst, »hier ein unerhörtes, weltgewaltiges und tragisches Werk vorliegen, welches mir allein vergönnt war zu beobachten, und das ich armer, kleiner Erdenwicht mit meinen Gedanken nicht zu umspannen vermag? Ich wollte mich aufs neue hinlegen, um das in der Tiefe schwächer und schwächer werdende Brodeln und Zischen weiterhin zu erlauschen, als ich in nächster Nähe die schwarze Silhouette des Totengräbers auf mich zutreten sah. Ich warf mich etwa zehn Schritte von dem Erdhügel rasch zu Boden; jeder Gedanke an den holländischen Bauer von D'decke Bosh war jetzt verschwunden; ich fühlte, ich stehe hier einer unheimlichen, übermächtigen Persönlichkeit gegenüber; ich war zum Glück nicht bemerkt worden; der geheimnisvolle Mensch kam langsamen Schrittes und hörbar keuchend heran, ging mehrere Male um das Grab herum, schüttelte wie unzufrieden den Kopf, schien nicht alles in Ordnung zu finden, schnüffelte dann in die Luft hinaus, wie um sich zu orientieren, ging einige Schritte auf und ab, sah sich überall in der Dunkelheit um, und kehrte endlich zum Grab zurück, um sich tief hinabzubücken und seine ziemlich lange und scharfe Nase, so weit es ging, wie ein Spürhund in das frische Erdreich zu vergraben. In dieser Positur sah ich, daß er unter seinem schwarzen, havelockartigen Mantel einen großen, dunklen Sack, der mit irgend etwas vollgefüllt war, trug, – ein Gepäck, von dem ich sicher wußte, daß er es vorher nicht hatte, und wenn ich mich an das vorherige Keuchen erinnerte, so war es klar, daß er diese Last von irgendwo her herbeigeschleppt haben mußte. Aber woher? Säcke von dieser Güte findet man doch nicht auf dem bloßen Feld! Er muß ihn also in der Stadt geholt haben. – Welchen Verkehr kann dieser seltsame Mann mit der Universitätstadt Leyden haben? – frug ich mich. – Mit wem? – Wird diese lange Hopfenstange unter den hellen Laternen der Lammer Straat ihren gleichen phosphoreszierenden Aspekt annehmen wie unter dem Vollmond? Und dann denke man sich diesen bläulich-glühenden Menschen in einen Laden treten und um zwei Kreuzer Kautabak verlangen! – Dabei zeigten aber seine Bewegungen eine Sicherheit und Regelmäßigkeit, die den Gedanken nahe legten, er habe diesen Weg und all' diese Verrichtungen nicht das erstemal gemacht. – Hat man denn, – frug ich mich, – jemals in Leyden von dem Erscheinen eines solchen seltsamen Gesellen gehört? – Freilich, – beruhigte ich mich, – der Mondmann, wenn er es war, brauchte ja nicht immer auf dem Feld zwischen D'decke Bosh und Leyden abzusteigen. Er brauchte überhaupt nicht in Holland niederzusteigen. – Der schwarze Mensch erhob sich jetzt wieder, und er schien mit dem Resultat seiner Prüfung zufrieden zu sein. Denn er verließ das Grab, machte einige Schritte in das Feld hinaus, griff in die Luft und erfaßte eine mir bis dahin unsichtbar gebliebene Strickleiter von rußigem Ansehen, an der er hinaufzusteigen begann.

In diesem Augenblick packte mich eine furchtbare Angst. Nicht wegen des Mannes, nicht wegen der ganzen Episode, die mir ein Rätsel bleiben sollte, wenn der Mann wieder ging, woher er gekommen; sondern wegen eines Gedankens, der mich in dem Moment erfaßt hatte, als der rätselhafte Mensch den einen Fuß vom Erdboden erhoben und in die Strickleiter gesetzt hatte; der Gedanke: Steig ihm nach! Ich wußte, die Entscheidung, wie sie auch ausfallen möge, werde, unabhängig von meinem sogenannten Ich, aus einem tieferen Grund heraufkommen, und ich, meine Person, werde der willenlose Zuschauer sein. Die Unsicherheit, wenn auch nur für wenige Sekunden, was geschehen werde, und wie die Entscheidung ausfallen werde, erdrückte mich fast vor Angst. Doch schneller, als ich dies niederzuschreiben vermag, und schneller, als der Leser folgt, gingen die Ereignisse vor sich. Der schwarze Grabschaufler mit seinem Sack stand bereits auf der fünfzehnten oder zwanzigsten Sprosse, hoch über meinem Kopf. Straff spannte sich die Leiter vor ihm in die Höhe, um sich in der Richtung, wo der Vollmond gestanden war, in's Unendliche zu verlieren. Unter ihm schwankte die Leiter lose hin und her, da und dort am Erdboden aufstreifend; ich sehe noch heute deutlich das Ende vor mir; es war etwas ausgefranst und schien von gutem, hanfenem Stoff; jetzt schwankte es dorthinüber; nun kam es schlenkernd zu mir zurück. Und, was jetzt von meiner Seite erfolgte, war, ich wiederhole es, nicht der Wille eines klar erwägenden Menschen, sondern Zwangshandlungen eines Instinktwesens: Die beiden Seilenden kamen dicht an mich heran: ich streckte die Hände vor, wie um es zu bewillkommnen: es weicht wieder zurück; wie eine Katze springe ich vor, meine Augen starr auf die Strickenden gerichtet; sie kommen in ihrer Pendelbewegung wieder heran, fahren mir in's Gesicht; meine Hände krallen sich fest; die Leiter durch das hastige Aussteigen des Mannes über mir in immer heftigere Schwankungen gebracht, reißt mich mit sich zurück, mich am Boden hinschleifend: dann wieder vor: meine Kniee und Füße stoßen sich wund: und wiederum zurück: bis sich endlich der linke Fuß auf der untersten Sprosse einstellt. Damit war mein Schicksal besiegelt. Der rechte Fuß folgt mechanisch nach; auf der dritten Sprosse erkenne ich meine Lage und sehe, daß meine Glieder gegen meinen Willen gehandelt haben. Es war zu spät. Ein Abspringen hätte mich zerschmettert; so heftig waren die Pendelbewegungen geworden. Der Mann über mir war viele hundert Meter voraus. Die Leiter war geteert, krästig, leicht zum Anhalten, und sehr bequem zum Emporsteigen gearbeitet. Ich eilte, sobald ich sah, daß an ein Zurückgehen nicht mehr zu denken, rasch empor, um den lästigen Schwankungen meines Partners nicht mehr ausgesetzt zu sein. Ich kam aber nur langsam vorwärts. Ich war wohl eine halbe Stunde gestiegen, als ich sah, daß der schwarze Mann über mir zwei Sprossen auf einmal nahm. Ich nahm nun drei. Ich konnte dies, da ich keinen Ballast zu tragen hatte, während jener seinen Sack mitheben mußte, dessen Dimensionen, wie ich erst jetzt erkannte, ganz ungeheuerliche waren. Aber jener schien an seine Arbeit gewohnt. Ich hatte wahrhaftig weder Zeit noch Lust, mich über das zu orientieren, was unter mir vorging; auch hätte dies der am Boden festklebende Nebel verhindert; ich sah also nichts von Leyden und seinen Lichtern. Wie hoch wir schon waren, merkte ich daraus, daß das Atmen immer schwieriger wurde, sowie, daß unsre Körper immer schwerer wurden. Dies wuchs von Viertelstunde zu Viertelstunde. Zweifellos wurde die Luft immer dünner, und die Gegenstände, des Widerstandes der Luft beraubt, fielen härter und schwerer aufeinander. Das Aufsteigen, welches anfangs fast geräuschlos vor sich ging, wurde immer hörbarer, als wenn die Strickleiter, statt aus beteertem Hanf, aus Eisen gewesen wäre: hart wie Stein fiel die Schuhsohle auf die Leiter. Man war längst auf eine Sprosse pro Schritt zurückgekehrt, und selbst hier zog man oft den rechten Fuß nach, bevor man den andern weiter ausgreifen ließ. Ich war meinem Vorsteiger jetzt so weit nahe gekommen, daß ich sein Schuhwerk genau erkennen konnte; wer hier vielleicht göttliches Sandalenwerk erwartet, der wird sich ebenso gründlich täuschen wie ich, und nie kam mir das mythologische Beiwerk, mit dem die Griechen ihre Himmelsboten ausgestattet haben, lächerlicher vor, als in diesem Augenblick. In einem miserablen, niedergetretenen Schlappen steckte der eine Fuß, welch' letzterer selbst wieder statt mit einem Socken mit sogenannten Fußlappen bekleidet war, wie man es wohl bei Soldaten und Handwerksburschen findet; der andere Fuß war wohl in einer sogenannten Stieflette; diese war aber viel zu groß, der Gummi ausgeweitet, auf der einen Seite klaffend und das Leder so steinhart und brüchig, daß dieses Fußbekleidungsstück höchstens auf einem Felde aufgelesen sein konnte. Auch der Havelock, den der Mondmann trug, war ein höchst defektes, in einem Pfandhaus wohl kaum mehr Annahme findendes Stück, von dem ich am liebsten angenommen hätte, daß er es aus irgend einem Hundsstall herausgezogen, wo es einem langhaarigen Bernhardiner zur Unterlage gedient, so verlegen, zerrissen, befleckt und mit fremden Haaren bedeckt war dieses, wie mir schien, noch immer beste Stück des Mondmanns. Und wenn der Wind ging – und Wind ging, trotzdem die Luft hier schon sehr dünn war, – wenn der Wind ging, dann konnte ich hinauf sehen bis zu seinen Hosenträgern. Der eine Knopf war ausgerissen, und beide Träger am linksseitigen Knopf befestigt: der eine von Gummi, der andere ein gelbliches Band; in dem letzteren war ein künstliches Loch eingeschnitten, und ein etwa acht Zentimeter langes Stück baumelte hinten am Podex herunter.

Ich schreibe dies jetzt alles ruhig nieder; und es sind Beobachtungen, die ich so zu sagen gegen meinen Willen machte; aber der Zustand meiner damaligen Empfindungen war ein schrecklicher; die Frage: Wohin steigen wir? beschäftigte mich nicht mehr; sie war auch nutzlos, da jede Beantwortung fehlte; ein physisches Übel lag mir viel näher: die immer spärlicher werdende Luft; damit die Unmöglichkeit zu atmen; und damit die zu steigen; ich kam mir wie ein Koloß vor, so schwer bewegten sich meine Glieder. Wir waren jetzt wohl an die zwei oder drei Stunden gestiegen. Eine irgendwie genaue Schätzung ist mir in der Erinnerung unmöglich. Eine Art von Beruhigung war es mir, daß der Mondmann noch viel heftiger keuchte, als ich selbst; ich dachte mir: er ist noch weit mehr am Ende seiner Kräfte, und wir sind vielleicht dem Ziel nahe; es war auch ein Glück so; denn wäre mein Schnaufen lauter gewesen, als das seine, so wäre ich entdeckt worden. Er hätte mich unter sich bemerken müssen; er hätte vielleicht ausgeholt und mir einen Fußtritt versetzt, und ich wäre Äonen hinabgestürzt. – Wir stiegen immer zu; fortwährend baumelte mir oberhalb des Kopfes der riesige Sack des Mondmannes, den derselbe über der rechten Schulter befestigt hatte, und durch Hinausrecken des Gesäßes sozusagen auf dem Rücken trug; wenn ich die Oberfläche dieses Sackes betrachtete, so macht es den Eindruck, als wenn runde, kugelartige Körper in demselben enthalten wären; und wenn ich die furchtbare Kraftanstrengung in Erwägung zog, mit der der magere Mondmann arbeitete, so konnte man glauben, die Kugeln wären von Eisen gewesen. Sollte dieser Mensch – sagte ich mir – das Arsenal von Leyden bestohlen haben? Und was tut er mit diesen Kugeln? Wirft er sie später wieder auf die Erde herunter?

Wir stiegen immer zu. – Noch war keine Abnahme der Dunkelheit zu bemerken; es mußte doch bald Tag werden! Stiegen wir auch wohin nur immer, – sagte ich mir, – wir müssen doch unter der Sonne bleiben; wir können doch nicht in ein anderes soläres System eintreten! Wir sind doch nicht in einem Märchen, oder auf dem Theater, wo alle Willkür erlaubt! Um neun Uhr etwa hatte ich Leyden verlassen; ich saß vielleicht zwei Stunden draußen am Anger vor der Stadt; macht elf; Herabsteigen des Mondbauern, von dem Moment an, da ich ihn entdeckte, Grabschaufel-Arbeit, dann Füllen des Sackes in der Stadt bis zur Rückkehr, zusammen sage ein oder anderthalb Stunden, macht zwölf Uhr Nachts, oder halb ein Uhr früh; dann dreistündige gemeinschaftliche Steigerarbeit, – so waren wir gegen halb vier Uhr Morgens. Er mußte also, – Anfang November, – wenn auch nicht Tag werden, doch die Morgendämmerung sich bald geltend machen. – In diesen Moment fiel mein Blick unwillkürlich nach unten, wo wir die Erde zurückgelassen hatten, und ich machte eine Entdeckung, die, so schrecklich sie an und für sich war, mir doch eine gewisse Beruhigung über meine Lage gewährte; tief unter nur, wo die hanfene Leiter sich in weiter Ferne verlor, sah ich eine große, helle, bleiglänzende Fläche; die Nebel waren verschwunden; die weißgraue Fläche konnte kein Nebel sein, dies sah ich aus angrenzenden ganz dunklen Partien, die die hellere und entschieden Licht reflektierende Fläche saumartig einfaßten, und wenn ich mir auch nicht denken konnte, woher hier Licht reflektiert werden sollte, so war der matte grauliche Schimmer doch ein Faktum; kein Zweifel, wir waren über dem Meer; und wenn ich sage, daß ich bei dieser Entdeckung mit Entsetzen an einen Sturz nach abwärts dachte, so wird der Leser dies begreiflich finden; er wird aber auch begreifen, wie diese lokale Orientierung geeignet war, meinen seelischen Halt, der bei dieser luftausgehenden Arbeit zusammenzubrechen drohte, neu zu kräftigen; ich wußte jetzt wenigstens, wo ich war, ich wußte, daß ich mich zwischen Himmel und Erde befand, ich wußte, daß der magere Mensch mit dem dicken Sack zu meinen Häupten kein Gedreidebauer aus D'decke Bosh war, sondern der Mondmann, oder ein Individuum, welches offenbar zu den Mondbewohnern gehörte; ich meine, irgend eine Persönlichkeit, die zum Mond in einem bestimmten Zusammenhang stand, kurz, ein Wesen, welches allem Anschein nach den Mond besteigt, oder doch zu erklimmen im Begriffe steht, oder wenigstens versucht; – soll ich denn wissen, wer der Mensch war?! – Wir stiegen immer zu. Es wurde jetzt sehr empfindlich kalt, obwohl ich mich bei der stundenlangen Anstrengung ziemlich warm gearbeitet hatte. Wir machten jetzt in der Minute höchstens drei Sprossen, und zwischen jeder Sprosse vielleicht zehn Atemzüge; ich hütete mich wohl, meine Distanz von meinem Vormann zu verringern, um in keinem Fall Anlaß zu einer Entdeckung zu geben; ich wollte aber auch um keinen Preis weiter zurückbleiben, da ein Instinkt mir sagte, wenn jemand in dieser Region und auf diesem Weg sich auskennt, so ist es mein Vorsteiger, und ich bin entschlossen, was auch kommen möge, sein Los zu teilen. – Die Luft wurde nun so dünn, daß ihr Widerstand nicht mehr genügte, um das Blut in den oberflächlichen Hautgefäßen zurückzuhalten, und meine Nase fing, anfangs leicht, später heftig zu bluten an. Da ich mit Rücksicht auf meine Steige-Arbeit eine ziemlich aufrechte Haltung beibehalten mußte, so tropfte ich Hemd, Weste und Beinkleider ganz voll, von da fiel ein Teil des Blutes quer durch die Sprossen, ein Teil fiel auf die Stricke; ein Glück! – sagte ich zu mir, – wenn ich umgekehrt, statt unten, oben stiege, und tropfte den Mondbauern auf den blanken Vorderschädel, – welche Situation! und welche Folgen!

Nun kam aber ein Moment, da ging das Steigen nicht mehr. Ich fühlte, ich werde keine Hundert Sprossen mehr machen können;

folge dann kein Ruhepunkt, so werden meine Hände gegen meinen Willen das Seil loslassen müssen, und eine Katastrophe werde erfolgen. Zeitweilig stand ich eine ganze Minute keuchend auf einer Sprosse, um Kraft für die nächste zu sammeln; nicht ohne einen gewissen Trost machte ich die Wahrnehmung, daß das Seil, ich will nicht sagen dicker, aber anders gearbeitet sich zeigte; es fühlte sich fester und derber an; wir kommen an einen Halt- oder Wendepunkt, dachte ich. – Um zu sehen, wie es meinem Partner geht, blickte ich nicht ohne Anstrengung nach oben und machte eine überraschende, mich hocherfreuende, freilich auch beängstigende Entdeckung: In allernächster Nähe über mir, vielleicht dreißig Meter entfernt, schwebte eine mächtige schwarze Kugel, wie ein Hohlgehäuse, wie ein riesiger Ballon; auf seine Hohlheit im Innern schloß ich aus den bemerkbaren Schwankungen, die der derzeit schwache Wind an ihm hervorbrachte. Auf der linken Seite des Hauses bemerkte ich einen Laden aus Holz, wie einen Fensterladen, der jedoch geschlossen war. Es kam mir in diesem Augenblicke vor, als sei es etwas heller geworden, und als zeigten auf der linken Seite die einzelnen Umrisse größere Deutlichkeit. Die Morgendämmerung kommt heran, dachte ich mir, und es mag vielleicht gegen fünf Uhr morgens sein. Rechts, wo alles noch im Dunkel lag, hatte das schwebende runde Haus eine Art Tür, eine giebblige Öffnung, wie man sie, zum Aufziehen der Waren von außen, hoch oben im Speicher anbringt; dort an dieser Tür endigte die Strickleiter und dort, in der Öffnung, stand auf beiden Seiten sich anhaltend, in der Finsternis kaum erkennbar, ein altes, robustes Weib mit schmutzigem, zitronengelben Gesicht, und in zerrissener, liederlicher Kleidung, die Ärmel über die fetten Arme bis zum Ellbogen hinaufgestülpt, die nackten Füße in ein Paar Schlappschuhen, eine schmutzige Haube auf dem Kopf, und blickte unverwandt mit einem motzigen Gesichtsausdruck auf den Mondmann. Daß sie sich anhielt, war mir begreiflich; denn durch das Gewicht der Strickleiter und dessen, was auf ihr war, war das hölzerne runde Haus so geneigt, daß die obenerwähnte Tür halb nach unten schaute und das schwere Weib ohne Anhalten hätte herausstürzen können. Nach kurzer Erwägung wurde mir auch klar, daß mein Gewicht auf der Strickleiter, etwas über einen Zentner, und auch das des Mondmannes, eher noch etwas weniger, gar nicht in Betracht kam gegenüber der kolossalen Schwere dieser viele, viele Meilen langen geteerten Strickleiter – wir waren doch jetzt fünfthalb Stunden gestiegen – und gegenüber der Schwere des ungeheuren Sackes. Dieser Sack, nebenbei bemerkt, war es auch, hinter dem ich mich glücklich dem prüfenden Auge der Mondfrau, oder wer dieses Weib sonst war, entziehen, und von wo aus ich einigermaßen die Orientierung über die so plötzlich veränderten Verhältnisse gewinnen konnte. Übrigens war es noch so dunkel, daß es fraglich war, ob mich die dicke Frau überhaupt entdeckt hätte. Mir schien, ihr Blick galt weder mir, noch dem Mondmann, sondern – dem Sack. Denn während der arme Teufel von einem Mondschlepper jetzt keuchend inne hielt, und den mageren Kopf stützesuchend auf eine der Sprossen legte, sodaß der hintere Teil des Sackes weit hinausragte, war das zürnende Auge der oben wartenden Frau scharf vigilierend auf die Umrisse eben dieses Vehikels gerichtet. Gott! dachte ich mir, ich durchschaue schon diese ganze Ehe, wenn eine solche bestand, und der arme, ausgeschundene Mondmann keucht unter dem Joch dieses nervigten Weibsbilds.

Ein Windstoß kam von links und brachte Mondhaus und Strickleiter in heftige Oszillationen, so daß die dunkle Baracke in ihrem Gebälk wie ein Schiffskörper knirschte und ächzte. Wir standen beide noch immer laut schnaufend auf unseren Sprossen; mein Nasenbluten hatte aufgehört und ich bemerkte auch, daß, wenn ich mich ruhig verhielt, ich genügend Luft zum Atmen bekam. – Dagegen war die Kälte entsetzlich. Mein nächster Gedanke war: Wie soll ich da hinein kommen? Denn, – mag der Leser eine Auffassung haben, welche nur immer – es war doch klar, ich mußte hier ein Unterkommen finden, ich war totmüd, hungrig und durchkältet; ich hatte nur dort drinnen Hoffnung mich zu stärken. – Ob ich die dunkle Baracke für den Mond halte? – In drei Teufels Namen, daß weiß ich doch nicht! Habe ich gesagt, daß es der Mond sei? Vermutlich war es der Mond. Ich habe nur gesagt, daß meine Absicht war, dort hinein zu kommen, koste es, was es wolle, denn meines Bleibens auf der Strickleiter war nicht länger. Und zurücksteigen wäre Wahnsinn gewesen. Ich blickte unwillkürlich hinunter, wo wir etwa die Erde zurückgelassen: Alles war mattgrau und verloren. – Inzwischen wurde es aber immer heller; kein Zweifel, zur Linken hatten wir Osten und der Tag nahte. Zu beiden Seiten der dicken Mondfrau erkannte ich jetzt, wie sich eine Menge jugendlicher abgehärmter Gesichter herausdrängten, die mit ihren verwirrten und in die Stirne hereinhängenden blonden Haaren zweifellos armen, hungernden und, wie es schien, halberfrorenen Kindern angehörten; sie hielten sich teils an der Luke, teils am Rock der Mondfrau fest, und blickten mit blassen und gespannten Mienen ebenso unbeweglich auf den Ankömmling und seinen Sack wie die alte Frau selbst. Dieser, der Mondmann, schien endlich ausgeschnauft zu haben, er erhob sich mit seiner Last und rückte der Türklinge näher. – »Papa, Papa!« riefen in diesem Moment mindestens ein Dutzend Kinderstimmen. Also ist das der Nährvater, – dachte ich mir. Ich hielt mich dicht hinter dem Sack; denn so viel war mir klar, daß, wenn ich unbemerkt in das Mondhaus kommen wollte, es in dem Moment geschehen mußte, wenn oben die ganze Familie an der Hereinschaffung dieses ungeheuren Sackes mithalf. – Das Mondhaus schwankte unter diesen letzten Anstrengungen des alten, keuchenden Mannes erschreckend auf und ab. Jetzt, – Bum! – ein dumpfer Stoß; der Sack war oben an die Eingangsluke gestoßen, und halb gebückt, halb auf zwei Füßen und der einen freien Hand kriechend, verschwand der

Mondbauer mit seiner Last allmählich in dem dunklen Innenraum. – Ich bemerkte, die Strickleiter lief hier am Ende wie über eine Art Holz-Welle, – wohl um nicht durch den Abwärtszug zu stark geknickt zu werden, – und verlor sich erst von hier aus wie ein kleiner Eisenbahnstrang in der Dunkelheit des Innenraumes, wahrscheinlich um an einer entfernteren Stelle erst fest mit dem Gebäude verkoppelt zu werden. – Der Mondmann schien doch ganz allein den Sack bis weit in die Stube hinein zu schleppen, und indem ich vorsichtig und kriechend nachrückte, kam ich gerade recht, wie die Kinder, die wenigstens doppelt so stark an Zahl waren, als ich vorhin vermutete, ihren Vater umringten, seine Knie umklammerten und ein schreckliches Geschrei ausführten, aus dem ich nur immer verstand: »Papa! Papa! Papa!« und »Hast Du? Hast Du? Hast Du?« – »Mein Gott! Mann, wo Du so lange wieder bleibst?« ließ sich nun auch die Mondfrau in einem ziemlich unangenehmen Baß vernehmen. – »Ach Gott, – die Käse werde immer rarer!« – »Du lieber Himmel, so jammerst Du jedesmal!« – »Ach, wenn es so fortgeht, werden wir für unsere Kinder nichts mehr zu essen haben!«

Der so gesprochen, warf ermüdet seinen Sack hin, setzte sich auf eine Bank und fing laut zu schluchzen an. – Das Gemach war ganz dunkel; und nur allmählich fing mein Auge an, die Gegenstände zu unterscheiden. Ich benützte die Dunkelheit und die Überraschung und Freude der sich Begrüßenden, mich in den Hintergrund des Gemaches zu stehlen und mich dort zu verbergen. Es war ein runder, saalartiger Raum, oben zur Kuppel gewölbt; ziemlich kleine Verhältnisse; der Fußboden schnitt von der Hohlkugel ein Stück ab; etwa das untere Drittel, sodaß die Wände gebaucht aufstiegen, wie in einem Tunnel, um sich oben im Bogen zu vereinigen; das Ganze in Holzkonstruktion, alt, geschwärzt und von schlechtem Material; die Stützung der Kuppel durch vortretende Holzrippen mit queren Bretterfüllungen eine schrecklich verpfuschte Arbeit; man sah wohl, der Schreiner, oder wer es nur immer gemacht hatte, wußte, worauf es ankam, er hatte Ähnliches gesehn, und man erkannte klar seine Intention, aber es war ohne jede vorausgegangene Übung gemacht, von Eleganz nicht zu reden. Das Holz schien übrigens gut ausgetrocknete Eiche. Der durch den Fußboden abgesonderte Raum war ebenfalls hohl; man hörte dies an dem dumpfen Auftreten; eine Klapptür führte hinunter, und die Mondfrau schickte sich eben an,

den Inhalt des Sackes in diesem durch eine Holzstiege zugänglichen
Raum zu bergen: es waren lauter runde, außen rotgefärbte, kinds-
kopfgroße, holländische Käse, wie sie jetzt auch in Deutschland viel
gegessen werden. Also das war der Ballast, den der Mondmann mit
heraufgeschleppt hatte! Zweifellos war es die Verproviantierung.
Natürlich! Es war ja sonst nichts da! Ich sah keinen Küchenschrank
und dergleichen. Zu einer Vorratskammer war gar kein Platz. Es sei
denn, daß unten im Mondkeller, ich meine den unterirdischen
Raum unter dem Fußboden, sich Lebensmittel befanden. Aber wer
schleppt denn neunzig holländische Käse an die fünfzehn Meilen
weit herauf mit übermenschlicher Anstrengung und durch immer
dünnere Luftschichten hindurch? Doch zum Essen! – Meine Be-
trachtung wurde durch ein plötzliches, donnerähnliches Geräusch
unterbrochen, das unten aus dem unterirdischen Raum kam; der
ganze Mond erzitterte in seinen Fugen, und angsterfüllt klammerte
ich mich an eine Bettlade an; gleich darauf kam die Mondfrau etwas
keuchend von unten herauf, mit drei Käsen im Arm und schloß die
Falltür mit einem fürchterlichen Schlag; es waren die Käse, die die
Hausmutter unten aufgeschüttet hatte, und die in der verdünnten
Atmosphäre mit so schrecklichem Getöse aufeinanderstießen. Wenn
ich jetzt überlegte, wie schon im Heraufsteigen unsere Füße schwer
wie Eisen auf die Sprossen fielen, wie mein Körper von Viertelstunde zu Viertelstunde sich immer kolossaler ins Gewicht gelegt hatte,
so war es klar, daß der Mondmann die letzten paar Meilen faktisch
mit seinen Käsen das Gewicht von ebenso vielen Kanonenkugeln in
seinem Sack heraufgeschleppt hatte, und die ausgemergelte Gestalt
dieses armen Teufel ward mir nun ebenso begreiflich, wie, daß er
jetzt noch immer teilnahmslos auf der Bank saß, den Kopf in die
Hand gestützt, und weinte, wie ich glaube, nicht über sein Schicksal, sondern aus Nervenschwäche, vor Ermüdung. – Inzwischen
aber hatte sich die übrige Familie, wie ich aus dem aus der Mitte der
Stube kommenden munteren Schmatzen entnehmen konnte, zur
ersten frohen Mahlzeit wieder vereinigt. – Ich wagte es jetzt, mich
aus meiner gebückten Position, die ich hinter einer Bettlade einge-
nommen, mit großer Vorsicht zu erheben, und mich etwas weiter
umzusehen! – Rings an den Wänden des kuglichen Raumes, bemerkte ich, stand eine große Anzahl von kleinen Bettchen, vielleicht
an die dreißig, und, wenn ich an die große Schar der armen, ausge-
hungerten Kinder dachte, so konnte es nicht zweifelhaft sein, für

wen sie bestimmt waren. Diese ganze Reihe kleiner Betten war eingeschlossen von je einem größerem Bett, zweifellos für den Mondmann und die Mondfrau. – Ich bemerke hier, daß es mir unangenehm wäre, wenn der Leser glaubt, ich hätte kein Recht, Ausdrücke wie: Mondmann, Mondfrau zu gebrauchen, da doch nicht bewiesen sei, daß ich auf dem Mond sei. Ich habe nie behauptet, daß ich auf dem Mond bin. Ich habe nur vermutet, es könne der Mond sein; daß es höchstwahrscheinlich der Mond sei. Und ich gebrauche die obigen Ausdrücke, weil sie mir als die verständlichsten erscheinen und ich angesichts der geradezu extraordinären Situation, in der ich mich befinde, keine besseren zur Hand habe. Ich weiß ja doch nicht wer der lange Kerl ist, der dort auf der Bank hockt und weint! – Mit diesen zwei größeren Betten war also die ganze Bettreihe abgeschlossen, und zugleich die äußere Periferie des Mond-Innenraums ausgefüllt; doch so, daß an zwei Stellen eine Unterbrechung geschah: ein schmaler Gang führte zur Außentreppe, wo wir herein gekommen waren, und wo die Strickleiter mündete; dieser Gang flankiert vom Bett des Mondmanns und der Mondfrau; und außerdem zwischen dem fünfzehnten und sechzehnten Kinderbett ein schmales Gängchen zu dem einzigen Fenster der Mondstube, dessen Schutz-Laden ich schon beim Heraufsteigen links außen bemerkt hatte. – In der Mitte des Zimmers blieb inseits der Bettstatten ein parabolischer Raum zurück; dort stand ein langer Tisch, auf jeder Seite mit einer ebenso langen Bank; es waren die Plätze der Kinder; und außerdem oben und unten an den Schmalseiten des Tisches je eine kleine Bank; für den Herrn des Hauses und für die Frau. – Ich wunderte mich nicht wenig über die Knappheit der Verhältnisse. Denn was ich jetzt überblickte, war die ganze Mondwohnung. Ein einziges Fenster für einen Raum, in dem zweiunddreißig Betten standen; und dieses führte direkt hinaus in den Weltenraum; ich sah dies an dem zeitweisen Durchblitzen der Gestirne, die eine fabelhafte Schärfe hatten. Der Laden mußte also jetzt offen stehen; ich weiß nicht, wer ihn aufgemacht hatte; denn beim Heraufsteigen hatte ich bemerkt, daß er geschlossen war; vermutlich war er beim Ausleeren der Käse durch die Erschütterung aufgefahren. – Inzwischen ging das muntere Schmatzen der dreißig Mäulchen ohne Unterbrechung weiter. – Wenn ich überlegte, wie dieses Fenster, das ein ganz gewöhnliches Fenster mit bogig glänzenden Scheiben war, wie diese Bettstellen, die paar Möbel hierher an diesen beschränkten Ort kamen, wo doch von einer Industrie, von einem Rohmaterial zur Industrie nicht entfernt die Rede sein konnte, so war es kein Zweifel, der arme, brave Mondmann hatte die Gegenstände alle auf seinem Buckel heraufgeschleppt. Dieser hagere, ausgemergelte alte Kerl, der jetzt dort auf der Bank saß und weinte, und allein nicht essen wollte, während das schmatzende Geräusch der Seinen vielleicht sein Ohr entzückte, schleppt, wer weiß, seit vielen Jahrzehnten, seinen Jungen das Futter herauf, und läuft schnüffelnd und vigilierend auf der Erde herum, und wenn er irgendwo bei einem Bauern ein halbes Fenster herauslehnen sieht, dann nimmt er's mit und stiehlt zusammen, was er finden kann, Runkelrüben, Scherben, Hanf, einen alten Schuh, Lumpen und Knöpfe, um den Seinen hier oben das Nest warm zu machen und die Fensterluken zu stopfen. – Aber, daß man das Signalement dieses Menschen noch nicht erfahren hat. Ein Kerl, der so gewohnheitsmäßig stiehlt, muß doch bekannt werden; gar mit diesem konfiszierten Gesicht; in dieser kittgelben Montur. – Allerdings, er muß ja nicht immer zwischen Leyden und D'decke Bosh absteigen; der Mond geht ja um die ganze Erde. – Ja, aber die holländischen Käse, die bekommt er doch am ehesten in Holland! – Wer sagt denn, daß diese Kleinen immer holländische Käse essen? Die können ja doch auch einmal Bananen bekommen! – Ja, dann wär' aber den Kleinen die Veränderung aufgefallen und sie hätten irgend eine Äußerung gemacht, wie: »So! Heute gibt's Käse!« – Dreißig Kinder! sagte ich zu mir; wie kann man nur in so ärmlichen Verhältnissen so viel Kinder in die Welt setzen, – in den Mond wollte ich sagen?! Und lauter Mädchen! – Der Mann ließ sich gar nicht abschrecken. – Freilich, es geht ihm da heroben, wie manchen Lehrern bei uns auf den Dörfern: sie haben Nichts zu tun. – Die Kinder sahen schrecklich schlecht aus; – als hätten sie vierzehn Tage lang gehungert. Der Mondmann blieb doch nur etwa acht Stunden aus, – denn das Hinabsteigen kann unmöglich so lange gedauert haben wie das Hinaufsteigen. – Vermutlich ist ihnen früher die Nahrung ausgegangen. – »Mann, was gibt's denn Neues auf dem großen Käs?« – Diese Worte, die plötzlich die Mondfrau an ihren apathisch dortsitzenden Mann richtete, rüttelten auch mich aus meinen Betrachtungen auf und erinnerten mich, daß ich nach Aufheben der Tafel entdeckt werden müsse. Die Räumlichkeiten waren zu beschränkt, um mir die Wahl eines Versteckes schwer zu machen. Ein Kleiderkasten war nicht da. Von Vorhängen war keine Rede. Daß ein Bett frei bleiben werde, wäre Wahnsinn gewesen zu denken. Bei der Armut der Leute, bei den mühseligen Versuchen zur Fristung ihres Lebens, hätte doch der Mondmann seiner Zeit statt einer überflüssigen Bettstatt lieber ein paar Schinken heraufgeschleppt! – So machte ich mich denn kurz entschlossen daran, unter das eine der größeren Betten zu kriechen, wo ich wenigstens hoffte, freien Raum zum Atmen zu finden, als unter einem der kleinen; es war, wie der Leser sehen wird, das Bett der Mondfrau. Doch gingen die Längsseiten der Bettladen tiefer herunter, als ich geglaubt hatte; es waren uralte Betten; ich mußte beim Hinunterschlüpfen noch im letzten Moment mit der Brust platt den Boden entlang rutschen; meine Rockknöpfe verursachten dabei ein knirschendes Geräusch, und voller Angst, gehört worden zu sein, hielt ich inne und starrte in den schwarzen Unter-Bett-Raum der Mondfrau. Doch das munter fortgehende Schmatzgeräusch belehrte mich, daß ich nicht gehört worden. Gleichwohl hielt ich lang in dieser Position inne. Das breitmäulige Schmatzen der Mondfrau hob sich dick und stark ab von dem dünnsilbigen, mehr knispenden Geräusch der Kleinen; vom Alten war nichts zu hören; er schien auch zu pensiv, ermüdet und mißlaunig, – und, wie ich glaube, schwerhörig, – um auf etwas zu merken, was unter dem Bett vorging. Endlich brachte ich mich, – eine Drehung meines Körpers um die Längsachse ausführend, – in eine etwas bessere Position. Die Aussicht, die ich da drunten hatte, war merkwürdig genug: dicht über mir die querlaufenden Bretter des Bettgerüstes, die die ganze hochaufgetürmte Last des Bettzeuges trugen und zwischen denen sich ein Drilch-Strohsack gröbster Gattung kröpfig hervorwölbte. Entlang dem Boden, wo die Unter-Bett-Räume der ganzen Stube sich meinem Blick darboten, bemerkte ich eine Menge von Schuhen und Pantoffeln, von denen je zwei in zierlicher Ordnung neben einem in Größe schwankenden Nachttopf plaziert, das zu jedem Kinderbett gehörige Inventar bildeten. Nach dieser Einrichtung zu schließen, sagte ich zu mir, müssen doch diese Leute einmal drunten auf der Erde gewesen sein; ist es denn denkbar, daß eine Frau von dem selbständigen Charakter des Mondweibs sich von ihrem Manne sagen läßt: so schläft man drunten auf der Erde, ich habe drunten bei den Bauern nachts durch die Scheiben geguckt, erst kommt ein Strohsack, dann kommt irgend eine alte Pferdedecke und dergleichen, dann ein dünnes, weiches

Flaumbett als Unterbett, dann ein festes, grobes Leintuch, dann zwei karierte Kissen oben für den Kopf, und zwei karierte Plümeaus, jedes fast so dick wie das ganze Bett, zum Zudecken? Wird sich eine Frau das sagen lassen und es befolgen, ohne sich durch den Augenschein überzeugt zu haben? - Nein! - Also muß die Mondfrau unten auf der Erde gewesen sein! - Aber war sie mit diesem Körper-Umfang im Stande heraufzusteigen?! Vielleicht war sie früher jung und elastisch, wie sie jetzt dick und schwappig war! - Meine Rückenlage wurde mir unbequem, und vorsichtig wandte ich mich auf die andere Seite, als plötzlich dicht vor mir eine große, glänzendweiße Kugel auftrat. Doch der Leser erwarte nicht, daß, weil wir uns auf dem Monde befinden, - zwar vermutungsweise, aber doch höchst wahrscheinlich - irgend ein leuchtender Himmelskörper oder sonst siderisches Gebilde vor unseren Augen auftauchen werde; es war ein höchst irdisches Stück; sogar ein irdenes: es war der gewaltige Nachttopf der Mondfrau; ich drehte ihn um, »Hazlitt und Söhne, Heilbronn«, war unten eingebrannt. Also auch dieses Stück, sagte ich zu mir, hat er heraufgeschleppt, und alle die übrigen Stücke, und wahrscheinlich die ganze Einrichtung - und was zerbricht, ergänzt er. Und immer kam mir in der Einbildung wieder der lange, keuchende Mondmann vor, wie er auf dem Teerseil hinaufklettert, den dicken, schweren Sack auf dem Rücken, und auf dem Sack eine Bettlade, und in der Bettlade ein halbes Fenster, und neben dem Fenster einige Nachttöpfe. Und der Mann überwindet die Anziehungskraft der Erde und klettert, und klettert, und wenn er oben angekommen, dann setzt er sich hin und weint. - »Was gibt's denn neues auf dem großen Käs?« rief jetzt die Mondfrau, die, wie mir schien, fertig gegessen hatte, in weit stärkerem Ton als vorhin. Der Alte, dem diese Frage galt, drehte - dies konnte ich von unter'm Bett gerade beobachten - drehte sein Kinn, das in seiner Hohlhand wie in einem Scharnier ruhte, langsam gegen die Mondfrau am unteren Ende des Tisches, glotzte eine Zeitlang, und sagte dann ruhig und trocken: »Nichts!« - »Hast Du denn nichts mitgebracht?« - Antwort: »Ihr habt ja alles!« - »Ich hab' Dir doch gesagt, daß den Kindern die Hemden am Leib verfaulen!« - »Soll ich die Erdenkinder auf der Straße anfallen und ihnen die Hemden nehmen?« - »Du fällst ja die Käse auch nicht an!« - »Die Käse sind tot! Die Hemden leben am Menschen!« - »Du bist doch sonst so geschickt!« - »Mager bin ich, nicht geschickt; wenn ich nicht mager wäre, bekäm ich auch keine Käse!« – Was! rief ich in mir aus, – zu den Käsen kommt er nur durch seine Magerkeit? Dann stiehlt er sie auch! Weiß der Himmel, durch welches Kellerloch er hineinschlüpft! – Eine lange Pause folgte, in der niemand sprach. Auch die Kinder schienen jetzt gesättigt. Man hörte, wie draußen leise der Wind ging und am Fensterladen etwas nockelte, ohne aber den Mondbau im Geringsten in Mitleidenschaft zu ziehen. In solcher Stille hätte man drunten auf der Erden eine Schwarzwälder-Uhr picken gehört; aber auf dem Mond hatten sie keine Schwarzwälder-Uhr. Hier war nur, was zum nackten Leben gehörte. – Und trotzdem sah ich, von meinem Platz unter dem Bett aus, an der Wand zur Rechten, wo kein Fenster war, eine Art Tafel, eine Abbildung, eine große gelbe Kugel mit hellen und dunkleren Flächen, wie einen Himmelskörper, auf schwarzem Grund abgebildet. – Weiß der Himmel, dachte ich mir, aus welchem holländischen Schulzimmer er diese Abbildung sich angeeignet! – Nachdem lange weder der Mondmann noch die Mondfrau etwas gesprochen, und auch die Kinder sich ganz ruhig verhielten, ebenso wie ich auch, erhob sich plötzlich die Alte und, indem sie einen Teil der Käsrinden vom Tisch zusammenkratzte, rief sie: »Kinder, zu Bett!« – Was, zu Bett? rief ich fast laut vor Verwunderung, ich glaubte, der Tag geht an? – In der Tat überzeugte ich mich, daß das eigentliche Zwielicht, welches um nichts besser als Dämmerung war, sich auch nicht um einen Grad der Lichtskala aufgehellt hatte. – Ich zog meine Uhr heraus; – nach meiner Berechnung mußte es beiläufig sieben Uhr Morgens sein; zwei Stunden mochte ich jetzt auf dem Mond sein. Aber wie erstaunte ich, als ich die zwei stahlblauen Zeiger auf dem weißen Zifferblatt, untereinander zusammengepappt, in rückläufiger Bewegung begriffen sah. Was für tellurische, oder magnetische, oder lunäre Einflüsse diese kleine Revolution in meiner linken Westentasche verursacht hatten, – ich weiß es nicht, – aber ich beschloß, indem ich meine Uhr wieder an ihren Platz brachte, sobald die Mondbewohner in Schlaf versunken, hervorzukriechen, das Fenster aufzumachen und mich womöglich nach dem Stand der Sonne zu orientieren. Aber noch aus einem andern, für mich schwerwiegenden Grund, war mir das Zu-Bett-Gehen der Leute nicht unwillkommen. Ich hatte schrecklichen Hunger. Seit mindestens zwölf Stunden hatte ich nichts gegessen und dabei eine Heroen-Arbeit vollendet. Wenn ich die Phrase vermeide: ich habe den Mond bestiegen, – so tue ich es mit Rücksicht auf einen gar zu skrupulösen Leser, der den ontologischen Beweis vielleicht noch nicht für erbracht sieht: aber so viel darf ich sagen: ich habe mindestens zwanzig Meilen in senkrechter Richtung von der Erde entfernt einen Punkt im Himmelsraum erklommen. – Mit Wonne dachte ich an die etwa auf dem Tisch zurückgebliebenen Käsrinden. Ja, ich dachte sogar dem Keller einen Besuch abzustatten. – Freilich, wie das weiter gehen werde: ein Esser unter diesen vielen Kindern, die selbst oft zu hungern schienen, – und ein Student, – ich vermied es, mir diesen Gedanken weiter auszumalen. Inzwischen hatten die meisten Kinder sich ausgezogen und waren in ihre Betten geschlüpft: hie und da fiel ein Kleidungsstück aus Versehen zu Boden und damit in meinen Gesichtskreis; ich betrachtete es; lauter zerlumptes, verschossenes und durchgewetztes Zeug. Jedes Kind, – ich darf dies nicht verschweigen, – bevor es in sein Bett stieg, zog sein Nachttöpfchen hervor, setzte sich im Hemdchen darauf und machte Pipi. Es waren lauter Mädchen, wie ich schon oben bemerkt habe. Die Nachttöpfe waren alle verschieden, an Farbe wie an Form; einer war gar kein Nachttopf, sondern offenbar ein kleiner Kochhafen: ich erwähne dies, weil es für mich der Beweis war für die schon oben ausgesprochene Vermutung, daß diese Geschirre alle von der Erde drunten, und zu verschiedenen Zeiten, heraufgeschleppt waren, und aus Gegenden – weiß der Himmel, wo sie alle her waren. – Aber auch die Mädchen waren verschieden, – wenigstens an Alter. Die ältesten waren mindestens vierzehn, sechszehn und selbst zwanzig Jahre und darüber; nur blieben sie schrecklich klein; das Haar war flachsig, die Augen wasserblau, die Haut teigig und käsweiß; so machten sie den Eindruck von Treibhauspflanzen, die keine Sonne haben. Die Jüngsten waren fast noch unbeholfene Dinger, und wurden von der Mutter zu Bett gebracht. – Diese dreißig Pipi mitanzuhören war gewiß kein Vergnügen, der Leser darf davon überzeugt sein; auch verbreitete sich in diesem Mondzimmer ein nicht gerade angenehmer Geruch, dessen Grundlage übrigens Käsrinden waren. – Während so Kinder und Mutter allseitig beschäftigt waren, ging der Mondmann in einem gelben Schlafrock in langen Schritten im Zimmer auf und ab, d. h. in dem Raum, der inseits der Betten zurückblieb, den langen Tisch jeweilig zur Rechten und zur Linken habend. Er sprach kein Wort, und schien nachdenklich: in dem gemessenen, gleichmäßigen Schritt lag etwas

Würdevolles. Dabei streifte er im auf- und abgehen wiederholt an das Fußende des Bettes der Mondfrau, unter dem ich lag, und da er hier jedesmal umkehrte, so gabs einen kleinen Aufenthalt. Ich betrachtete mir dabei genau seinen Schlafrock, schon wegen der seltenen Farbe: aber das war gar kein Schlafrockstoff, sondern ein geblümter, schmutzig-gelber Sofa-Bezug, wie man ihn Anfang dieses Jahrhunderts zum Empire-Stil, auf den auf hohen Füßen stehenden Kanapee's, verwandt hatte; ich sah auch unten am Rand, der unter seine nackten Beine schleppte, ganz deutlich die kleine Loch-Reihe, die die Tapezier-Nägel darin zurückgelassen hatten; und das ganze Dinge war zusammengestopft und zusammengeschnitten. – Nun, – dachte ich mir, – das paßt zum Andern! – In Wahrheit aber laborierte ich in mir an jener phosphorescierenden Erscheinung, mit der mir der Mondmann drunten auf Erden entgegengetreten war. – Noch lange ging der hagere Alte schweigend auf und ab, – aber endlich hörte ich über mir einen Plumpser; die Bettstatt erkrachte, und das ganze Mondgehäuse kam in oszillierende Bewegung: die Mondfrau war in ihr Bett gestiegen. – Dies war auch für den wortkargen Mondmann das Zeichen zum Einstellen seiner Wanderungen; mit einem halblaut hingesprochenen »Scheußlich!« als hätte er mit diesem Wort irgend eine geheime Gedankenreihe abgebrochen, begab er sich an seinen Gang, zog die Schlappen aus und legte sich mitsamt dem Schlafrock auf's Bett. – Es währte nicht lange und die ganze Gesellschaft lag im tiefen Schnarchen.

In Wirklichkeit bedeutete dieses Schnarchen für mich gar nichts; wenigstens keine Sicherheit. Für mich war die Frage: Schnarcht oder schläft der Mondmann? Dieser magere, geheimnisvolle Mensch – schien mir – hatte zu viel Gedanken im Kopfe, um schlafen zu können. Wegen der Mondfrau und der Kinder war mir garnicht bange, das heißt: die Mondfrau schnarchte, dieses hörte ich zu mir herunter; aber wegen der Kinder – nehmen wir selbst an, es wäre eines durch meine Gegenwart aufgewacht und hätte geschrien: »Papa!« oder »Mama! es läuft ein zweiter Mondmann,« oder »ein zweiter Papa im Zimmer herum!« (denn hätten die Kinder sich anders ausdrücken können nach ihren Mondbegriffen?) was wäre geschehen?: Ich wäre schnell unter mein Bett geschlüpft und das Kind hätte wegen unzeitiger Störung der Nachtruhe von Mama oder Papa eine Ohrfeige bekommen. – So stand also die Sache, als ich mich leise wie eine Ratte mit dem Oberkörper unter dem Bett der Mondfrau hervorbog, gegen den Gang zu, der zwischen den zwei großen Betten lag, und mit auf die Hände gestütztem Körper mich vorsichtig dem Bette des Mondmannes in Matratzen-Höhe näherte. Ich bemerkte nur, daß es nicht Nacht war, sondern Dämmerung. Weiß der Himmel, was es für ein Bewandtnis mit dem Ausbleiben der Sonne hatte, oder, was auf dem Mond für speziale Verhältnisse existierten, aber es wurde weder Tag noch auch ganz Nacht. Also mußte ich vorsichtig sein. Entdeckte mich der Mondmann, dann war mir das Schicksal Hephästos', an einem Fuße gepackt und vom Himmel auf die Erde geschleudert zu werden, möglicherweise sicher; die Tür war ja dicht neben dran! – Oder weiß einer von den Lesern, ob die Leute auf dem Mond einem muskelstarken Schlag angehören? Ich weiß es nicht. – Doch ich hatte Glück! Der Mondmann schnarchte nicht, aber er schlief; seine langsamen regelmäßigen Atemzüge bekundeten mir dies auf's Unwiderleglichste. Ich kroch unter mein Bett zurück und verließ dann am Fußende desselben mein schwarzes Gefängnis, dessen Aufenthalt mir während der letzten Viertelstunde noch der reichlich gefüllte Nachttopf der Mondfrau etwas vergällt hatte. Mein erster Gang war zum Fenster: Alles lag in schwindelhafter Ferne; kein Baum, kein Strauch, keine Wolke, nicht einmal ein Nebel, weder Ton noch Geräusch, kein Vogel, kein Sonnenstrahl, nur in weiter Ferne einige scharf blitzende Gestirne auf einer dunkel-violetten Wand. Gott! – sagte ich zu mir – welch' ein Leichtsinn, sich auf eine so unberechenbare Bahn begeben zu haben. Ebensogut konnte man sich ja von einem Lämmergeier in die Lüfte entführen lassen. Ich dachte an meine Hausfrau in Leyden. Sie erschien mir in den süßesten Farben. Welch' ein edles Herz, sagte ich zu mir, trotz aller langen Zähne, trotz allen Gekeifes, aller giftigen Blicke und teuflischen Gewohnheiten. – Eines war sicher, – dies lehrten mich die Sternbilder, von denen ich einige erkannte, – ich befand mich im Weltall. Ich befand mich auch noch im Bereich der Anziehungskraft der Erde, oder sonst eines respektablen Weltkörpers, denn sonst wäre ja unsere kleine Mondbaracke längst zerschellt an der Oberfläche irgend eines streunenden Gestirns angekommen, während hier im Inneren alles auf stabile und geordnete Verhältnisse hinwies: einige Bettladen waren aus dem Ende des vorigen Jahrhunderts, dies ließ sich trotz ihrer Ärmlichkeit an einigem Schnörkelwerk in den Fül-

lungen feststellen; ebenso war die gewölbten Konstruktion der Decke ein verunglücktes Ingenieur-Stück von hohem Alter; also mußte
diese kleine, in verdünnter Luft schwimmende Holz-Bude sich
doch, was man sagt, eine gewisse astronomische Existenz im Himmel verschafft haben.

Aber wo war die Sonne? Dieser Quell alles Lichts, alles Lebens
und aller Bewegung! – Ich hätte zu gerne das Fenster aufgemacht,
aber was konnte da nicht alles passieren! Vielleicht hatten wir hierin
verdünnte Luft, und beim Öffnen wäre die äußere mit der Vehemenz einer Explosion hereingestürzt und hätte alles drunter und
drüber gebracht. Was mir auffiel: ich fror nicht. Draußen auf der
Strickleiter hatte ich heftig gefroren. Da nirgends ein Feuer, ein
Licht oder ein Ofen war, so mußte die Wärme von wo anders her-
kommen, ich blickte um mich: »dreißig Kinder,« sagte ich mir, »in
einem so engen Raum zusammengepfercht, – die zwei Mondleute
und ich macht dreiunddreißig, – das gibt schon aus; und so lange
Nahrung vorhanden, ist eine gegenseitige Erwärmung nicht ausgeschlossen; aber es genügt nicht, um die äußere Abkühlung des
Mondhauses in dieser verdünnten Region, und was außerdem
durch die Ritzen der schlechtschließenden Türen und Fenster her-
eindringt, zu kompensieren.« Ich machte einen Gang durch den
Innen-Bettraum des Zimmers; meine Stiefeln hatte ich unter dem
Bett der Mondfrau zurückgelassen: es fiel mir auf, daß die drübere
Seite, die Bettreihe gegenüber dem Fenster, schon in der Luft wärmer war als die Fensterseite; auch schliefen dort die kleineren Kinder; ich zwängte mich durch zwei dieser Bettladen durch und fühlte
an die Holzwand, wo das gestohlene astronomische Bild hing; sie
war badwarm. »Ich laß mich hängen, » rief ich leise vor mich hin,
»wenn auf dieser Seite nicht die Sonne steht!« Ich versuchte durch
eine Ritze zu spähen, aber da war alles dicht vermacht, es schienen
noch dicke Lagen von Werg und sonstigem schlechtleitendem
Füllmaterial im Inneren zu kommen, auch roch die ganze Wand
stark nach Teer. – Nun, wenn dort die Sonne steht, – sagte ich zu
mir, – wird sie schon hervorkommen, oder der Mond wird sich zu
ihr hinüberdrehen. – Beim Zurückgehen aus meiner Bettladen-Enge
fiel mein Blick auf eines der schlafenden Kinder. Mich frappierte die
Gesichtsbildung, die insofern eine sehr tiefe Entwicklungsstufe
aufwies, als gerade die äußeren Sinnesorgane wie Ohren, Augen,

Nase, nur durch minimale Läppchen oder Erhebungen sich anzeigten, im Übrigen aber der Schädel mitsamt dem Gesicht eine kreisrunde Kugelform einhielt; und da die meisten Kinder, in tiefem Schlaf versunken, mit hochgeröteten Backen dalagen, so machte es den Eindruck, als wären von den runden, holländischen Käsen welche mit kleinen Einschnitten versehen oben am Anfang des Plümeaus gelegt worden. Ich konnte mir nicht versagen, die Rundtour um diese Betten zu machen, um bis zu den erwachseneren Mädchen zu kommen; überall die gleichen Pfannkuchengesichter, der Mund meist ein nach oben gekrümmter Halbkreiseinschnitt, die Nase eine plattgedrückte Zwetsche mit rechts und links einem kleinen Loch, die Augen zwei Schlitzchen, die Ohren zwei Läppchen. Dagegen machte man sich auf der Erde keinen Begriff von dem wunderschönen Goldglanz dieser Kinderhaare, und ebenso war ihre Haut von seltener Reinheit und Glätte. – Inzwischen machte sich aber mein Hungergefühl in immer heftigerer Weise bemerkbar; ich habe wohl oben nicht erwähnt, daß ich schon, als ich vom Fenster wegging, auf meinem Weg zur gegenüberliegenden Seite den Tisch befühlte, um die unangenehme Entdeckung zu machen, daß die Mondfrau sämtliche Speisereste bis auf die letzte Käsrinde zusammengescharrt hatte; was tun? – Ich wußte wohl, wo Käse waren; drunten im Keller; aber war es nicht im höchsten Grade riskant einen Raum in der Dunkelheit zu betreten, von dem ich weiter nichts wußte, als das er den Hohlraum eines Kugelabschnitts darstelle, mit anderen Worten muldenförmig sich vertiefe, und dies nur vermutungsweise?! – Stärker jedoch als diese Erwägung erwies sich mein Hunger. Die Klappe, das ist die Kellertür, wußte ich, lag gerade vor dem Fußende des Mondmann-Bettes; ich begab mich auf allen Vieren in diese gefährliche Gegend; nach langem Tasten in der Dunkelheit fand ich einen eisernen Ring; ich hielt ihn für den Griff und zog; ich hatte mich nicht getäuscht: auch war die Türe nicht verschlossen; natürlich! für wen denn? – Aber in dem Moment, da ich die Türe etwas hob, – mit gespreizten Beinen über ihr stehend, – kam aus der Ecke das halb hingezischte Wort »Scheußlich!«. Vor Schrecken ließ ich die Türe fallen; ein dumpfer Schlag!« – Dann lautlose Stille. Mein erster Gedanke war, eine weitere Person sei auf dem Mond und habe Alles, – vielleicht vom Dach aus, – mit angesehen. Dann erinnerte ich mich, daß das ja das Wort war, mit dem der Mondmann zu Bett gegangen. – Zum Glück blieb alles still. Bald hörte ich wieder von allen Seiten regelmäßige Schnarch- und Atem-Züge, und, indem ich mir sagte: der Mondmann ist noch bei seinen Einschlaf-Gedanken, machte ich mich neuerdings an die Arbeit. Es gelang mir, die Falltür bis zur rechtwinkligen Lage emporzuheben, hätte aber beinahe wieder Malheur gehabt, da das eine Scharnier losgerissen war. Ein schwarzes Loch gähnte mir entgegen, ohne die Spur einer Beleuchtung. Ich lehnte die Tür vorsichtig an die nächste Kinderbettstatt, die fast bis ganz heranreichte, und stieg mit größter Vorsicht hinunter; um nicht mit dem Podex an einen unerwarteten Gegenstand zu stoßen, mit dem Gesicht voran; ein süßlich-bitterer Geruch aus Käs und Teer gemischt empfing mich; unten angelangt ging ich aber wohl im Glauben, daß das Schwierigste vorüber, et-was zu eilfertig, wiewohl tappend, nach vorwärts, und plötzlich fühlte ich einen heftigen Schlag vor der Stirn; ungewiß, ob er ge-führt, oder passiv erteilt, griff ich in die Luft, und faßte ein Quer-holz, welches, wie es schien, als Handgriff mit einem Triebrad, ähn-lich wie bei einem Ziehbrunnen, in Verbindung war. Obwohl ich fast betäubt vor Schmerz war, lauschte ich doch erst, ob die Kollisi-on nicht oben im Mondzimmer vernommen worden, um dann, da dies nicht der Fall zu sein schien, unbekümmert um die abenteuerli-che Windmaschine, vom Geruch geleitet, meinen Weg zu den Käsen fortzusetzen. – Richtig! Da lagen etwa ein viertel oder halbes Hun-dert von den bekannten roten kugelrunden Käsen; wie eine Braut umarmte ich diesen kostbaren Haufen; waren sie doch das Einzige, das noch vor zwölf Stunden mit mir auf der Erde weilend, den fürchterlichen Anstieg da herauf in Gemeinschaft mit mir zurückge-legt hatte. Ich zog aber sofort mein Taschenmesser heraus um den, der nur gerade im Weg war anzuschneiden. Neue Enttäuschung! Mein Messer war, magnetisch vermute ich, festgefroren, das heißt: die Klinge im Heft eingekeilt und unbeweglich. So machte ich mich denn nach Art der Ratten an meine Mahlzeit und verspeiste mit großem Behagen etwa ein Drittel eines Käses. Es fiel mir auf, daß ich weder das Brot vermißte, noch auch durstig war. Wer von den Lesern so gelehrt ist, mag es mit meteorologischen Verhältnissen erklären, ich kann es nicht. Ich hatte den Rest meines Käses schon zum Haufen geworfen, und den Rückweg angetreten, der mir, wie überhaupt jede Bewegung in diesem Mondkeller, sehr erleichtert wurde, da der überall abschüssige Boden mit einem eigentümlich weichen Stoff belegt war, als mir ein neuer Gedanke kam: wenn die

Mondfrau morgen oder eines Tages den angebissenen Käse findet, werde ich sie nicht unnötigerweise auf die Spur meiner Anwesenheit lenken, es sei denn, daß Ratten heroben sind, was ich nicht weiß, und die nebenbei der Mondfrau nicht einzufallen brauchen? Also: Du nimmst den angebissenen Käse mit hinauf, – sagte ich mir, – droben riecht es so wie so nach Käse. Ich ging zurück, fand erst nicht den Haufen, stieß an eine Kiste, die schepperte, als wenn eiserne Werkzeuge drinnen wären, zog mich hastig zurück und schlug eine andere Richtung ein, kam schließlich in der Dunkelheit zwar an die Käse, aber an eine ganz andere Stelle als vorhin, griff überall herum, fand aber keinen angebissenen Käse: der Haufen war doch größer als ich dachte, es mögen meinetwegen an die neunzig, oder hundert Stück gewesen sein; ich kroch über den ganzen Haufen und suchte, und suchte, der angebissene Käse erschien mir nun von der größten Wichtigkeit; zum Glück hatte ich keine Stiefel an, und konnte also die übrigen Käse nicht verletzen, höchstens rote Hosenkniee bekommen.

Während ich mitten im Herumwühlen war, machte es oben im Wohnzimmer plötzlich einen Satz wie aus dem Bett, und dann fiel ein menschlicher Körper mit fürchterlicher Vehemenz auf den Fußboden; ich glaubte, der Mondmann sei epileptisch geworden, hörte aber gleich darauf seine Stimme jammernd und wehklagend; nach einem anfänglichen Fluch, den ich vergessen, der sich aber nicht auf irdische Dinge bezog, rief er halb stöhnend, halb verwünschend immer nur die Worte: »Die Leiter! – Mutter, steh' auf! – schnell! – Unser Mondband, – unsern Erdenstrick, – Mutter! – Die Strickleiter! – steh' auf!« – Im gleichen Moment stürzte er kopfüber zu mir in den Käskeller herab. Wahrscheinlich hatte er geglaubt, die Falltür sei zu, und im Begriff, die Mondfrau zu wecken, war er arglos darüber hinweggeschritten und so hineingestürzt. Aber zu meinem Entsetzen tappte der Mondmann, der sich mit einem Fluch wieder erhoben hatte, auf mich zu. Ich glaubte schon, er habe mich gewittert, durch den Geruch entdeckt, und suche nach mir, wie der Riese, der im Märchen ins Zimmer tritt mit den Worten: Ich wittere Menschenfleisch! Doch blieb er in der Mitte des dunklen Raumes stehen und machte sich an der seltsamen Aufwind-Maschine zu schaffen, die er unter großem Stöhnen seinerseits und unter großem Knerzen von Seite der wie mir schien ganz aus Holz gefertigten Vorrichtung in Gang brachte. Jetzt kam auch die Mondfrau heruntergeschlappt: »Du vergeßliches Mannsbild, Du Träumer, Sterngucker, Faulenzer, Essiggesicht, wenn einer von den Käsleuten heraufsteigt und brennt uns die Bude unterm Arsch an, dann haben wir's!« – »Mutter,« sagt der Mondmann kleinlaut, »sag' nicht Bude, – zieh!« – »Bude, sag ich, warum läßt Du alles verkommen? Galgenstrick!« – »Mutter, sag' nicht Galgenstrick! zieh!« – »Galgenstrick, sag' ich, Hungerleider!« – »Mutter, sag' nicht Hungerleider, zieh!« – So ging es wohl eine halbe Stunde zu, das gegenseitige Schimpfen und Widerpart halten. Und dabei fortwährendes Keuchen und Stöhnen, Knerzen und Quiexen. Die Mondfrau hatte sich in der Tat allmählich auf die andere Seite begeben, wo vermutlich ein zweiter Handgriff zum Treiben angebracht war. – Die Strickleiter! dachte ich in mir, ja, ich hatte sie auch vergessen. Hunger, Müdigkeit, Kälte, Angespanntsein aller Sinne, – wer hätte da an die Leiter gedacht, nachdem man einemal heroben war. Aber was hätte geschehen können, kalkulierte ich weiter, wenn jemand von der Erde, vom »großen Käs«, wie die Leute sich ausdrücken, heraufgestiegen wäre; freilich, in der Nacht auf dem einsamen Feld zwischen D'decke Bosh und Leyden hätte sie kaum jemand entdeckt. Aber es mußte ja jetzt Tag sein drunten auf der Erde, und die hanfene Leiter schleifte vielleicht durch irgend eine westfälische oder deutsche Stadt. – Ich weiß nicht mehr genau, wie lange das Heraufziehen der Leiter währte, außer, daß es dieselbe Zeit in Anspruch nahm, wie das Schimpfen und Poltern. Aber nach eineinhalb Stunden etwa verließen Mond-Mann und -Frau keuchend und dampfend vor Arbeit den unterirdischen Raum. Letztere schmiß wieder mit einem fürchterlichen Schlag die Kellertür zu. Ich blieb drunten. Und weiter wurde die Nachtruhe dann nicht mehr gestört. –

Der Leser, der hier einen Absatz findet, wird vielleicht sagen: ich solle schließen und meine erlogenen Geschichten und schwindelhaften Einbildungen wo anders anbringen. Der Leser wird diese Ansicht mit sich auszumachen haben. – Meine Pflicht ist: mitzuteilen, was ich als Augenzeuge erlebt habe; erlebt, ganz gegen meinen Willen; und für welches Erlebnis ich heute einen kranken Körper mit grauen Haaren, trübem Blick, derontiertem Geist und einer unüberwindlichen Abscheu gegen Käse herumzuschleppen habe. Niemand wird von mir eine Klage hören über ein Geschick, welches ich ganz allein mir und einem unbegreiflichen Leichtsinn zuzuschreiben habe. Aber niemand wird mich auch vermögen, mit Rücksicht auf einen ermüdeten oder ungläubigen Leser, oder einigen Astronomen, deren Lehrbücher und Berechnungen im schroffsten Widerspruch mit dem von mir Gesehenen stehen, Mitteilungen zu unterlassen, deren Inhalt von der größten Wichtigkeit ist für die Menschheit, für die Erde, für den Mond, für die Verbindung zwischen Erde und Mond, für Verproviantierung dieses letzteren, für die Abhängigkeit der Gesichtsbildung von der Art der Nahrung, für den Einfluß von meteorologischem Magnetismus auf Taschenmesser u.s.w. – Hab' ich vielleicht durch irgendwelche vorschnellen Schlüsse oder Annahmen dem Leser Veranlassung zum Mißtrauen gegeben? Bin ich nicht mit der größten Vorsicht, Ruhe und Objektivität vorgegangen? Hab' ich nicht den Mondmann, zuerst als er auf dem Ackerfelde zwischen D'decke Bosh und Leyden niederstieg, sogleich als Hopfenhändler und Getreidebauer, und insolange in Anspruch genommen, bis unbegreifliche Ereignisse diese Annahme fernerhin zur Unmöglichkeit machten? – Alle diese Fragen muß der

Leser zu meinen Gunsten beantworten. Dann hat er aber kein Recht, mich hier zu unterbrechen!

Aber alles nimmt zuletzt ein Ende! Auch die holperige Nacht auf den Käsen im Mondkeller nahm ein Ende. – Wenn jedoch der Leser glaubt, daß sich damit meine Situation gebessert, oder daß ich in das Wohnzimmer hätte zurückkehren können, so irrt er sich. – Wie wäre dies auch möglich gewesen? Nach der aufgeregten Szene zwischen den beiden Mond-Gatten an der Aufzieh-Maschine wäre es doch Wahnsinn gewesen, die Kellerklappe, deren eines Scharnier gebrochen war, aufmachen zu wollen; nachdem es so gut wie sicher war, daß die beiden Leute für diese Nacht vor Aufregung kein Aug' mehr schließen würden; unerörtert, ob ich die schwere Tür von unten überhaupt aufgebracht hätte. Also blieb mir nichts anderes übrig, als drunten zu bleiben und meinen angebissenen Käs zu suchen. – Aber, wie gesagt, die Nacht ging zu Ende. Daß sie zu Ende war, merkte ich übrigens nur aus dem über meinem Kopfe entstehenden Leben und Treiben; nicht etwa aus einer beginnenden Helle; denn so viel wird der Leser behalten haben, daß im Mondkeller kein Fenster war; aber es war auch fraglich, ob es oben im Mondzimmer hell war; denn wenn die Sonne hätte kommen können, so mußte sie doch in den ersten zwölf Stunden nach meinem Heraufstieg kommen. – Dies Leben und Treiben über meinem Kopfe war übrigens merkwürdig genug: ein Geklopfe, ein Gerutsche, ein Getrapp, ein Hin und Her, daß man hätte eine Fabrik vermuten können. Soviel war sicher, daß Einer außerhalb der Stube auf dem Dach war und dort klopfte und hantierte. Was, das wußte ich nicht. – Übrigens war mein Plan für den nächsten Tag gemacht; mit meinem angebissenen Käs in der Hand beschloß ich, mich unter die Treppe der Kellertür zu legen, und sobald jemand herabstiege, zu sondieren, wie die Beleuchtung oben sei, und war es das Zwielicht, in dem ich die ersten sechs Stunden in der Mondstube verbrachte, dann die Gelegenheit zu benutzen, und mich hinauf unter mein Bett zu stehlen. Herunter kommen mußte jemand, denn sie mußten doch zum Mittagessen Käse holen. – Inzwischen versuchte ich mich in dem Mond-Unter-Raum etwas zu orientieren: Da war also einmal die schon erwähnte Auf-Wind-Maschine; es wird sich niemand wundern, wenn ich sage, ich ging ihr so viel wie möglich aus dem Wege; denn abgesehen von meinem nächtlichen Rencontre mit ihr, war mir das Quiexen dieses ungeschmierten Holzkastens ein Greuel, auch war mir ihre Konstruktion herzlich gleichgültig: schon um deshalb, weil eine unvorsichtige Berührung von meiner Seite den Einstell-Mechanismus, den ich ja garnicht kannte, hätte auslösen können, wobei die Maschine durch das irgendwie angespannte Strickleiterende in eine rückläufige Bewegung gesetzt, und damit die Leiter selbst in Folge ihrer Schwere in einem Nu gegen die Erde zum Abraspeln gebracht werden konnte. Hier ging ich also außen herum wie bei einem Gespenst. Wenn nur nicht so wenig Platz dagewesen wäre! Hinter mir im Rückteil des Kellers lagen die Käse. Von ihnen aufbrechend traf ich zuerst auf den weich ausgelegten Boden, von dem ich oben schon sprach, und der die ganze Kellermulde rings um der in der Mitte plazierten Maschine bedeckte: ich kroch auf allen Vieren, um nirgends anzustoßen, und konnte so diesen weichen Stoff besser untersuchen; es schien eine Art Garn oder fremdartige Wolle, sie war in Strähnen oder Bündel geordnet, geflochten, und, damit die Flechtung nicht aufgeht, noch geknüpft: darin lag nichts absonderliches: ähnlich machen wir es drunten auf der Erde auch; aber, was mir auffiel, war, daß immer nur einzelne Stücke so gleichartig äußerlich behandelt waren: dann kam eine Reihe, darin war die Knüpfung eine andere, oder die Stücke waren dicker, also schwerer: dann kamen wieder welche, da war der Faden oder die Wolle, ich bin da nicht Kenner genug, viel feiner: bei anderen merkte man schon aus der Berührung, und viel sah ich ja da herunten nicht, daß sie wo ganz anders her seien, die Fabrikation eine andere: kurz, die Stücke, war es nun Garn oder Hanf, oder Baumwolle, oder Kokosfaser, waren nicht hier oben aus dem Rohmaterial gearbeitet, sonst wären sie gleichartig geschlungen und geknüpft worden: zweitens, wenn die Stücke nicht heroben gearbeitet worden, dann kamen sie von der Erde, und dann, wohlgemerkt! kamen sie aus verschiedenen Fabriken oder Kaufläden, mindestens aus fünf oder sechs: soviel für jetzt über das merkwürdige Garnlager der Mondfamilie, – ich komme darauf zurück. Zur Rechten, wenn ich der Windmaschine auswich, traf ich auf eine mäßig große Kiste: ich habe ihrer schon Erwähnung getan; sie enthielt Nägel, verrostete Klammern, Bandeisen, eine halbe Zange, außerdem eine ganz neue, einen ungewöhnlich schweren Schmiedehammer, den nur ein sehr kräftiger Mann mit einer Hand handhaben konnte, diverse Kloben, Schrauben, Schraubenmuttern und dergleichen. –

Wenn ich an das Gehämmer und Geklopfe dachte, das noch in diesem Moment zu mir herunterschallte, so war es klar, daß diese Kiste noch immer nicht das gesamte Handwerkszeug des Mondhauses enthielt. Weiterhin, den halben Umkreis des Mondkellers auf dieser Seite vollendend, traf ich unter der Kellerstiege, vorsichtig plaziert, ein großes Blechgefäß mit Teer, dessen penetranter Geruch schon in der vergangenen Nacht beim ersten Betreten des Mondkellers, mir den Vorgeschmack an den Käsen verbittert hatte. Ein Stück Holz zum Rumrühren stak drin. Weiter auf der linken Seite fand ich eine ziemliche Menge schwarzer, knisternder Platten an die Wand gelehnt, die ich sofort am Gefühl und Geruch als teergetränkte und mit Sand überzogenen Dachpappen erkannte. Die macht der Alte jedenfalls selbst, – sagte ich mir, – bestreicht sie, trocknet sie, und hebt sie hier auf. Ihre Verwendung konnte wohl nur das Monddach betreffen; ich sollte aber später doch noch ganz anderes drüber erfahren. – Und nun, indem ich den Kreis im Umgang des Kellers vollendete, – wohlverstanden, gegen die Mitte zu immer auf den weichen Hanf-Strängen laufend, – kam ich zu meinen Käsen zurück. – Ich war aber nicht sobald dort angelangt, als die Klappe geöffnet wurde und der Mondmann lang und steif herunterkam. Diesmal hatte ich es jedenfalls versäumt, mich wieder in das Wohnzimmer zurückzuschleichen. Denn ich konnte es unmöglich wagen, neben dem Mondmann vorbeizukommen zu versuchen. Dieser ging ziemlich rasch und mit genauer Ortskenntnis um die Maschine herum zu der dem Leser bekannten Kiste, in der er ziemlich lange unter Zuhilfenahme diverser mir unverständlicher Flüche herumkramte. – Ich blickte durch die offenen Klapptür nach oben: es war natürlich sehr hell im Wohnzimmer, das heißt, mir kam es als Differenz von der herunten herrschenden kompletten Dunkelheit sehr hell vor; aber ich war fest überzeugt, es war keine eigentliche Tageshelle, weil ich mir nicht denken konnte, warum die Sonne jetzt auf einmal kommen sollte, nachdem sie vor sechs Stunden, zu ihrem Zeitpunkt ausgeblieben war, und weil ich überzeugt war, die Sonne stehe auf der anderen fensterlosen Seite des Mondes, so daß ein direktes Licht ausgeschlossen war. – Inzwischen war der Mondmann mit einigen Kloben und Nägeln wieder nach oben gegangen; ich nahm jetzt definitiv meinen drittels aufgesessenen Käs zur Hand und plazierte mich unter die Stiege neben das Teerfaß. – Indem ich so meinen Käs in sitzender Stellung wie einen Gummiball zwischen den Beinen hielt, begann ich in der Dunkelheit wieder zu simulieren: Wie kommt der Mann, sagte ich mir, zu seinen Käsen? Sollte er sie kaufen, wie ein anständiger Hausvater bezahlt was er verzehrt? Höchst unwahrscheinlich. – Ich vergegenwärtigte mir noch einmal, wie der glänzende, phosphoreszierende Mondmann nach Zuschaufeln des Grabes drunten auf der Erde zuletzt wie ein einfacher, dunkler Mensch wegging; es war um diese Zeit mindestens elf Uhr nachts; um diese Zeit sind in Leyden gar keine Geschäfte mehr offen; es ist richtig, Leyden hat gerade in diesen runden Käsen große Export Häuser; aber wie zu ihnen gelangen? Sollte er mit einem der Verwalter ein unredliches Abkommen...? – Nein, gewiß nicht! Was könnte denn der arme Mondkletterer dem Mann als Gegenleistung bieten? Nichts! – Ja, wenn der Mond aus Gold bestünde, wie manche alte Sage zu erzählen weiß, – aber, aus was der Mond besteht, das sah ich ja! eine alte, geschwärzte, teerüberzogene Holzbaracke; – nein, nein! – der Mondmann wird schon recht gehabt haben, als er gleich nach seiner Ankunft seiner scheltenden Frau gegenüber auf seine Magerkeit verwies; er kommt nur durch seine Magerkeit zu den Käsen; er wird schon sein bestimmtes Loch haben, durch das er in einen der großen Vorrats-Keller in Leyden eindringt, vielleicht ein Zugloch zum Trocknen der Käse, welches der betreffende holländische Baumeister nicht noch kleiner machte, indem er die Unmöglichkeit diebischen Eindringens von dem Leibes-Umfang seiner eignen Landsleute abmaß. – Und der arme Teufel von einem Mondmann darf sich nicht satt essen, um sich nicht der Möglichkeit zu berauben, seine Alte da heroben mit ihren dreißig Jungen mit Nahrung zu versehen. O elende, miserable Himmels-Existenz! – rief ich vor Entrüstung ganz laut aus, – als dicht über mir eine rauhe Stimme herunterrief: »Muß denn den ganzen Tag gefressen sein?« – Es war die Mondfrau, die die Klappe geöffnet hatte und jetzt die fünf oder acht Stufen schwerfällig herunterschlappte, – »den ganzen Tag gefressen sein« – wiederholte sie halb laut für sich, indem sie die Richtung nach den Käsen einschlug. Bei dieser Gelegenheit glaubte ich zu bemerken, daß die Mondfrau ziemlich kurzsichtig war, ein Umstand, der mir, neben der schon früher konstatierten Taubheit des Alten, durchaus willkommen war. Aber, ohne diesen Gedanken weiter zu verfolgen, benutzte ich, wie vorgenommen, die Abwesenheit des Alten auf dem Dach, und das Beschäftigtsein der Mondfrau bei den Käsen, um ohne viel Federlesens strümpfig in die Mondstube hinaufzueilen. Aber Lot's Salzsäule konnte nicht fester angewurzelt stehen als ich oben auf der Treppe, – denn vor mir stand kerzengerade und jedenfalls ebenso erstaunt wie ich, das große, älteste Mondmädchen; ich werde dieses Gesicht in meinem Leben nie vergessen, denn trotz allen Schreckens überwog doch noch mein neugieriges Erstaunen über diese Menschenbildung: ein harmloses, vollgefressenes Bauerngesichtchen mit kugelrunden Backen, blöden, geschlitzten Äuglein und etwas motzig heruntergezogenen Mundwinkeln, die Haut von mehligem Aussehen, die Farbe käsweiß, die Haare flächsern, die Wimpern sogar fast farblos, – so starrte das Mädchen mich an und ich das Mädchen. Ich selbst bin leider von Statur etwas klein; das Mondkind war in dieser hohen reinen Luft ziemlich hochaufgeschossen und ging über mich hinaus. Und dieser Größenunterschied ließ beim besten Willen nicht bei mir das Gefühl der Überlegenheit aufkommen; ich meine: ich fühlte, daß ich dem Kind nicht imponieren konnte, und abgesehen von jedem unangenehmen Gedanken, nun entdeckt zu sein, kam ich mir als der Geringere vor; so mächtig wirkte das schlanke naive Mondkind auf mich ein. Aber nur einen Moment, denn gleich darauf, und bevor sich noch die Mondfrau, unten, der Stiege näherte, verzog sich der anfangs vollständig indifferente Gesichtsausdruck meines vis-à-vis in ein freudiges, halb erstauntes, halb blödsinniges Lächeln, wobei sich die Ecken des winzigen kleinen Mundes nach oben richteten, und kleine Fältchen rechts und links außen an den Äuglein auftraten. Gleichzeitig hob das Kind tastend den Arm auf, um nach mir, wie nach einem Zuckerwerk zu langen. Ich wußte genug: das Mondmädchen war so naiv, harmlos und unerfahren, daß es – man verzeihe den Ausdruck – wie eine Idiotin meine Anwesenheit weder nach Furcht noch nach Schrecken abschätzen konnte. Es fehlte ihr der Begriff einer möglichen oder denkbaren Erscheinung wie meiner Person. Und als mein Blick – nur für eine Sekunde – rings das Zimmer streifte, sah ich an die anderthalb Dutzend solcher lustiger Mondgesichtchen auf mich zublinzeln und weggewendet von der Arbeit des Hanfspinnens, – denn alle Kinder spannen Hanf. Jetzt ließ sich die Mondfrau hören, und schnell entschlossen, schlüpfte ich um das blöde Kind herum und warf mich schleunigst und mit pochendem Herzen unter die Bettlade, wo tausend Gedanken auf mich einstürmten.

»So! – Also spinnen tun die Kinder! – Hanfspinnen! – Also ist das ganze Hanfmaterial unten im Mondkeller zum Spinnen bestimmt!« – »Und was spinnen die Mondkinder? – Stricke!« »Und zu was drehen sie Stricke? – Nur, damit der Papa hinuntersteigen kann und Käse holen!« – »Eine ganze Strickleiter, die bis zum Mond reicht, findet man ja doch nicht auf der Erde, daß man sie stehlen könnte! – Vollends eine geteerte!« – »Weshalb denn geteerte? – Nun zum besseren Anhalten! – Und dann noch mit Sand bestreute! – Weshalb denn mit Sand bestreute?« – » Nun, zum noch besseren Anhalten! – So, so!« – »Also die Strickleiter! – Natürlich, sie muß ausgebessert werden! – Ewig hält so ein Ding nicht, gar wenn man sie so strapaziert! – Und die Kinder spinnen die Reservestricke, – und der Alte dreht die dicken Stricke und lötet sie zum Ganzen! – Und dann streicht er's mit Teer an! – Und dann sandet er auch das ausgebesserte Stück!« – »Hat sich denn irgendwo ein Sack Sand gefunden? – Wird schon irgendwo stehen! – Also die Strickleiter, die wird wenigstens heroben gemacht!« – »Und den Hanf dazu? – Nun, den stiehlt er natürlich, das zeigen ja schon die verschiedenen Fabrikate!« – »Herr Gott, sind aber die Kinder dumm! – Nun, zum Hanfspinnen und Käseessen gescheit genug! – Trotzdem ist es traurig! – O nein! Zu was sollen sie gescheiter sein als nötig; zumal sie glücklich sind; ihr blödes Lachen dies wenigstens verrät!« – »Ob das große Mädchen dich wohl anzeigen wird! – Gott bewahre! Wie kann sie das? Ebenso könnte ein Lamm von einem Wolf eine Anzeige machen, den es zum ersten Mal gesehn!...«

Dies waren ungefähr meine Gedanken, und der Leser möge mir zu Gute halten, daß ich sie hier so ohne Umschweife ausgekramt. – Die Mondfrau war jetzt nach oben gekommen und schmiß jetzt nach ihrer Manier die Klapptüre zu; im Schürz hatte sie einige Käse und in der Rechten mehrere von den geteerten Dachpappen. Es war offenbar Essenszeit. Und offenbar hatte eines der Mädchen zu früh Hunger bekommen, und darauf bezogen sich die Worte der Mondfrau, mit denen sie in den Keller hinunterstieg: »Muß denn den ganzen Tag gefressen werden?!« – Das Mondfenster war offen, zum erstenmal seit meiner Anwesenheit; es war nicht kalt; sogar ganz erträglich; aber keine Spur von Tageslicht, keine Spur von Sonne. – Die Mondfrau hatte die Käse – ich weiß nicht mit was für einem Instrument – auseinandergebrochen und an die Kinder, die ihr höchst primitives Spinngerät bei Seite gelegt hatten, verteilt; sie selbst, mit einem Stückchen Käsrinde im Munde, nahm einige der Pappscheiben, ging ans Fenster und rief: »Papa, komm dann zum Essen!« Der Mondmann, der die ganze Zeit auf dem Dach und an den Seitenflächen herumgehämmert hatte, kletterte heran, streckte von oben die Hand herein und nahm die geteerten Tafeln ohne ein Wort der Erwiderung in Empfang. »Komm dann zum Essen!« sagte die Hausfrau noch einmal halblaut. Der Mondmann stieg aber weder herein, noch kletterte er wieder hinauf, sondern begab sich zu meiner größten Verwunderung auf die untere Mondfläche, wo er mehrere der Platten mit wuchtigen Hammerschlägen befestigte. Der so um das Holzgerüste des Mondes gelegte Teer-Überzug war ja gewiß direkt verständlich, da er ein vortreffliches Schutzmittel gegen Wind, Regen, Sonne, wenn sie kam, elektrische Entladungen, alle Art Niederschläge u.s.w. abgab. Weniger begreiflich war mir, daß sich der fleißige Mann da unten halten konnte. Sollte die Anziehungskraft dieses doch nur mäßig großen Mondkörpers genügen, einen allerdings spindeldürren Menschen an ihrer Oberfläche festzuhalten? Oder war der in Jahren doch schon vorgerückte Mondmann gelenkig genug, um sich an den sandüberstreuten Teerflächen festzuhalten? – Das Schmatzen der Kinder machte mich hungrig. Ich holte meinen Käs, der zwischen den Schlappen der Hausfrau und ihrem Nachttopf gelegen, hervor und biß herunter, so gut es eben ging. Das Schlagen und Hämmern unter mir ging immer fort. Es schien, er mußte den ganzen Mond neu überziehen. Von den Kindern liefen einige zu den Nachttöpfen, andere hatten ihre Spinnarbeit wieder aufgenommen, von der ich eigentlich nicht sagen kann, wie es zu Wege ging; von Spinnrad war natürlich keine Rede; ich glaube, das eine Kind hielt ein Ende mit der Hand fest, während das andere die Flecht-Arbeit machte. – Es mußte wohl schon Nachmittag sein, und die Mondmutter war am Tisch eingeschlafen, als endlich der Mondmann durch das Fenster hereinstieg, glühend und mit perlender Stirn. Beim Sprung auf den Boden erwachte die Alte. »Was,« sagte sie, »brennt heute so die Butterkugel?« – »Oh, scheußlich!« antwortete der magere, keuchende Mann, und hallte die Faust gegen die fensterlose Rückseite der Stube. »Papa, hebe nicht die Hand auf gegen sie!« mahnte die Hausfrau in ernstem Tone. – »Ach!« replizierte der Mondmann mit einer wegwerfenden Geste und ließ sich auf die Bank kraftlos niederfallen.

Die Mondfrau schob ihm einen angebrochenen Käsballen hin. –
»Was? Butterkugel?« dachte ich. Der Mann kommt verschwitzt und
ermattet herein, als hätte er in der glühendsten Hitze gearbeitet,
und schimpft und droht die geballte Faust gegen die Butterkugel?
Was mein er damit? Meint er die Sonne? Und steht wirklich die
Sonne drüben auf der Mond-Rückseite? Warum kommt sie denn
nicht herüber, d.h. weshalb kommt der Mond in seiner von Astronomen hartnäckig behaupteten Drehung nicht zu ihr hinüber? Ich
muß dem Leser offen gestehen, ich konnte über die physikalischen,
meteorologischen und astronomischen Bedingungen, unter denen
unser Erdentrabant steht, hieroben nicht klar werden, und mein
Respekt vor den gelehrten Vertretern dieser Disziplinen auf der
Erde drunten wuchs auf dem Monde nicht.

Ich war jetzt vierundzwanzig Stunden auf diesem luftigen Holz-
Ballon droben, und wenn ich auch einen Teil derselben im Keller
zubringen mußte, so konnte ich doch die wesentlichen Vorgänge,
die sich im Mondzimmer abspielten, beobachten; freilich nicht alle;
so hätte es mich z.B. sehr interessiert, wo die Mondfrau die zweiunddreißig Nachttöpfe hinleert. – Aber ich möchte nicht den ersten
Mondtag vorübergehen lassen, ohne an den Leser eine dringliche
Erklärung zu richten: Er soll nämlich nicht glauben, daß ich Lust
habe, in dieser langweiligen Manier meine Geschichte weiter zu
erzählen, jedes Faktum, jeden Schnaufer, jedes blöde Lächeln, jeden
Geruch, jedes ungezogene Wort der Mondfrau, jeden Spreißel an
einer Bettlade und nun vollends – jeden meiner Gedanken unter der
Bettlade getreu zu berichten. Ich selbst hielte diese Schule der Klei-
nigkeitskrämerei nicht länger als einen Tag aus. Aber es geht auch
aus anderen Gründen nicht. Wir würden nie fertig! Der Leser soll
nämlich wissen, daß ich zwei Monate auf dem Monde bleiben werde. Ausnahmsweise will ich, abweichend von der Schule, der ich
literarisch angehöre, hier ein Faktum mitteilen, was an den Schluß
gehörte; zwei Monate blieb ich, aus Versehen, auf dem Mond!
Durch Umstände, welche ich nicht anders als mit Versehen bezeichnen kann, wurde ich zwei Monate auf dem Mond zurückge-
halten. Zu meinem größten Schaden. Ich verlor zwei unwieder-
bringliche Monate. Wären sie in die Universitätsferien hineingefal-
len, wäre es besser gegangen. Der Leser wird vielleicht fragen: ob
ich denn bei einem Mondwechsel mit dem Mondmann wieder auf

die Erde gestiegen bin. – Das wird sich finden! Oder: ob jeder Vollmond auf diese Weise als Dünger in die Erde vergraben wird. – Das wird sich zeigen! Oder: ob die heruntergeschleppte glühende Kugel nur der auf irgend eine Weise brennend gewordene Teer-Pappen-Überzug des Mondes ist, da ja die Frau und die Kinder droben bleiben. Das kann ich jetzt noch nicht sagen! – Also von einem detaillierten Beschreiben während zweier Monate kann keine Rede sein. Ich werde mich deshalb von jetzt an auf Erwähnung jener Tage oder Nächte beschränken, in denen ich etwas Neues entdeckt, oder an denen außergewöhnliche Vorgänge in der Mondfamilie sich abspielten. Und in der Zwischenzeit lasse mich der Leser ruhig unter meinem Bett meinen Käs essen. – Zwei hervorragende Ereignisse müssen aber gleich aus der nun folgenden Nacht berichtet werden: das Eine betrifft das sonderbare gelbe Bild auf der Rückwand des Mondzimmers, welches den Querschnitt einer großen Kugel darstellte; das andere, eine undelikate Angelegenheit, von der später die Rede sein wird. Die Kinder waren alle, wie den Abend zuvor, zu Bett gegangen, ebenso der Mondmann und die Mondfrau; ersterer, der sich durch seine Arbeit auf dem Dach wohl stark ermüdet hatte, schlief einen außerordentlich festen Schlaf, während die fette Mondfrau sich wiederholentlich hin und her wälzte. Mir kam unter meinem Bett der Gedanke, eine Zeitrechnung einzuführen. Eine Ahnung sagte mir, daß um den nächsten Vollmond etwas außergewöhnliches passieren werde. Denn es war klar, daß der Mondmann nicht zum erstenmal vor zwei Tagen seinen glühenden Ball heruntergeschleppt hatte. Die ganze Verproviantierung des Mondes wies auf kurze Intervalle hin. Vielleicht brauchte der Mann in der Zwischenzeit Teer. Und er stieg mit seinem Blechfaß hinab. Und kann es mir der Leser verübeln, wenn ich am liebsten wieder drunten gewesen wäre? Jedes eigenmächtige Fernbleiben von der Universität wurde mit Relegation bestraft! So beschloß ich denn, mit der ersten Gelegenheit mit dem Mondmann hinunterzusteigen, und, sollte es während der Reise zu einem Confront kommen, ihn derb mit Holländisch anzureden, – denn das sprachen eigentlich die Mondleute, – und sollte er nicht parieren, ihn bei der Gurgel zu packen und ihn zwingen den Weg bis zur Erde fortzusetzen. Zu all' dem mußte ich aber wissen, wie ich mit der Zeit daran war, und die Tage bis zum Vollmond zählen. Meine Uhr war außer Rand und Band und zu jeder Ablesung unbrauchbar; mein Taschenmesser, mit dem ich Schnitte in die Bettlade zu machen gedachte, war in sich festgekeilt. So griff ich denn in den durchlöcherten Strohsack der Mondfrau und zog einige Halme heraus, die ich in gleich große Stücke riß, um sie in bestimmter Ordnung, wie Merkzeichen, zwischen Strohsack und Bettlade hineinzustecken. – Aber nun kam eine andere Erwägung, die mir meine Tages-Zählung lieber an einem andern Bett vorzunehmen riet: Die Lage unter dem Bett der Mondfrau schien mir nicht ungefährlich; kam etwas vor, wie die Affaire mit der Strickleiter in der vorhergehenden Nacht, so war die Beunruhigung in erster Linie zwischen den zwei Betten der Ehegatten, und wenn auch die Mondfrau im Ganzen ruhig und fest schlief, so war doch in nächster Nähe der nervöse, unzufriedene und selbst im Schlaf aufgeregte Mondmann, vor dem man keinen Moment sicher war, ob er nicht aus dem Bett springen und irgend einen Traum zur Wirklichkeit machen werde. Ich beschloß daher meine Schlafstelle zu wechseln und, mehr entfernt vom Eingang, unter einem der Kinderbetten meine Wohnung aufzuschlagen. Und zwar sogleich. Ich nahm also meine Strohzeichen wieder heraus, schob meinen Käs aus der Bettlade heraus und kroch dann selbst vor. – Der Leser weiß, daß alles zu Bett ist! – Während meines Rundgangs im inneren Raum zur Inspizierung der Bettläden fiel mein Blick auf das große gelbe Wandbild. Ich zwängte mich zwischen die Bettstatten hinein, um es genauer anzusehen. Es war ein Querschnitt durch einen holländischen Käs, eine ganz dünne Käsescheibe, noch mit dem äußeren roten Rand; diese Käsescheibe auf eine der schwarzen Teerplatten aufgeklebt, so daß die gelbe Kugel auf dem schwarzen Grund sich ausnahm, wie unsere kolorierten Darstellungen der Himmelskörper auf Schultafeln oder in Atlanten. Und nun starre der Leser und werde stumm, wenn ich ihm sage: auf dieser gelben Käsescheibe war, entweder mit einer Nadel fein bröselig aufgeritzt, oder mit etwas dunkler gefärbten Käskrumen aufgestreut, in deutlicher Kontur die Gestalt von Nord- und Süd-Amerika zu sehen, so, wie wir sie auf einer der ersten Blätter unserer Atlanten in Mercator's Projektion zu sehen gewöhnt sind! – Ich war vollständig baff. – Aber mein nächster Gedanke war: Das kann nur der Mondmann gemacht haben. Jedes andere Wesen in der Mondstube war zu dieser, ich war geneigt zu sagen, genialen Arbeit unfähig. Aber wie? Wie kommt der Mondmann zur Anschauung von Nord- und Süd-Amerika in einer Verjüngung, die gerade auf den größten Durchmesser eines holländischen, runden Käses hinaufgeht? Sollte er in einen Atlas hineingeschaut haben? Aber wie? Wie kommt er dazu? Sollte er an einem warmen Sommerabend durch ein holländisches Dorf flanierend die Fenster der Schulstube offen gefunden, und hineinsteigend diese Mercators-Projektion als Wandtafel gefunden haben? Aber warum gerade diesen Gegenstand nachmachen statt tausend andere, die ihm auf der Erde begegnet sind? – Ich ging an die Bettstatt des Mondmannes und schaute mir dieses grämliche, gelbe, von Furchen der Sorge zerrissene Gesicht an, um Antwort auf meine Fragen zu finden. – Eine große, kantige Nase sprang hart hervor, wie man oft bei Bauern eine rücksichtslos geniale Zeichnung des Gesichts findet; die Lippen ganz dünn, zusammengepreßt und durch die gallige Beimischung schmutzig-grün gefärbt, ein spitzig vorbrechendes Kinn, eine hohe grandiose Stirn, friedlich geschlossene Augendeckel, die keine Ahnung dessen erlaubten, was hinter ihnen in dem grauen, scharfen Augenstern vorging. – Kopfschüttelnd ging ich weg und lief eine halbe Stunde nachdenklich im Mondzimmer umher, ohne aber auch nur im Entferntesten eine Lösung des Rätsels an der Wand zu finden. Ein unruhiges Hin- und Herwälzen der Mondfrau mahnte mich an meine eigentliche Beschäftigung. Ich wollte mir ja unter einer Kinderbettstatt eine neue Wohn- und Schlafstelle suchen. Dieses Hinunterkriechen auf dem Boden kam mir wie etwas Schmutziges und Niedriges vor, gegenüber dem, womit mein Kopf sich gerade beschäftigte, doch überwand ich die Abneigung und ging an die Suche. Da war nun jede Kinderbettstatt anders. Schließlich begann ich mich unter eine, die mir passend schien, hinunterzuarbeiten. Sie stand so ziemlich gegenüber den ehelichen Betten der Mond-Leute, also soweit wie möglich von ihnen entfernt, was ich ja eben bezweckte. Meinen Käs hatte ich unter dem Arm. Ich war nun aber kaum mit dem halben Körper hinuntergekrochen, als ein unvorhergesehenes Tiefergehen der Matratze mich am Weitergehen hinderte. Im Versuch zurückzukriechen, zwängte ich mich mit dem Podex am Fußende der tief herabgehenden Bettstatt ein. So eingezwängt machte ich, wahrscheinlich in der Furcht vor Atemnot, eine brüske Bewegung, warf den Potschamber um, und im selben Moment krachte – wahrscheinlich erst durch eine kräftige Schulterbewegung von mir emporgehoben, – die ganze Kinderbettstatt über mir zusammen. Das Kind, welches vielleicht ein zehnjähriges dickköpfiges Mädchen war, fiel heraus und begann ein schreckliches Geschrei. – »Verdammte Solinger Bandeisen!« begann hinten der Mondmann zu fluchen, und erhob sich ächzend aus seinem Bett. »Solinger Bandeisen« – dies Wort klang wie eine Himmelsbotschaft für mich, denn es wälzte jede Schuld ebenso von mir ab, wie ich jetzt Betttrümmer, Plumeau und Holzladen von mir abwälzte, um mich schleunigst unter den großen Tisch in der Mitte des Zimmers zu verstecken, von hier aus die Gelegenheit wahrnehmend, bis die Mondleute herbeigekommen, und ich meinen Platz unter dem Bett der Mondfrau wieder einnehmen könne. – »Das ist jetzt in einem halben Jahr das dritte Bandeisen, das bricht, « brummte der Alte, und schlurfte herbei, um sein flachshaariges Töchterchen aufzuheben, und in seinen Armen das noch immer schluchzende Kind zu liebkosen. »Britsch' ihr den Popo durch!« schrie die Mondfrau von ihrem Bett aus herüber, offenbar zu bequem, um aufzustehen, und höchst entrüstet über die Störung ihres Schlafes. Im Moment war alles still. Das Kind hörte zu schluchzen auf. Der Mondmann zog die nächsten Pantoffeln unter einer Kindbettstatt hervor, zog sie der Kleinen an, und setzte sie an den Tisch. Dann richtete er das ganze Bett zusammen, so gut es für den Moment ging, lehnte die einzelnen Laden am Boden hin, das Bettzeug daneben, wischte sogar den Floß, den der zerbrochene Nachttopf verursacht hatte, mit einem Lumpen, den er hinter einer Bettstatt hervorzog, auf, und hob zuletzt die Kleine, die starr zugesehen hatte, mitsamt den Pantoffeln auf, und nahm sie mit sich in sein Bett. Ich hatte unter meinem Tisch ebenso starr alles mit angesehen und schwor, niemals mehr unter eine Kinderbettstatt zu kriechen. Erst nach einer Stunde beiläufig, nachdem die Mondinsassen, die fast alle durch den lärmenden Vorfall aufgewacht waren und sich noch lange in ihren Betten hin- und herdrehten, wieder beruhigt waren und, wie ich annahm, fest schliefen, suchte ich mein altes Lager auf, nicht ohne mich vorher meines halben Käses zu versichern, der bei der Katastrophe knapp unter den Rand der nächsten Kinderbettstatt gerollt war und so, zum zweiten Male, beinahe zu meinem Verräter geworden wäre. – Ich darf aber diese zweite Nacht nicht zu Ende gehen lassen, ohne mit dem Leser einen Punkt zu besprechen, den ich wegen seiner delikaten, oder vielmehr undelikaten Eigenschaft am liebsten unerörtert gelassen. Ich hätte dann am besten an die Spitze dieser Erzählung eine Erklärung, etwa des Inhalt, gesetzt: »Gewisse tägliche Verrichtungen im menschlichen Leben wird der freundliche Leser ersucht, an passender Stelle einzuschalten und in seiner Fantasie zu ergänzen.« – Das ist es auch, was die meisten Roman-Schriftsteller stillschweigend voraussetzen. Und ich finde das bei Erzählung irdischer Vorgänge in der Ordnung. Aber, lieber Leser, wir sind auf dem Mond! Das heißt, immer unter Berücksichtigung einer allzu skeptischen Leserschaft, es besteht die höchste Wahrscheinlichkeit, daß wir auf dem Monde sind. Und auf dem Monde kann die einfachste Verrichtung von der Erde zu einer halsbrecherischen Arbeit werden. Aus diesem Grunde und, weil das Fehlen der den gewöhnlichsten menschlichen Bedürfnissen dienenden Einrichtungen zu charakteristisch war für die ganze liederliche Mondbaracke daheroben, hin ich gezwungen, etwas zu erörtern, was gegen meinen Geschmack und meinen Reinlichkeitssinn verstößt. Besäße ich die Grazie und das vollendete Geschick der Franzosen, derartige Dinge vorzutragen, so nähme ich mir die nächsten vier bis fünf Seiten und würde meinen Gegenstand ausführlich behandeln. So werde ich meine Sachen mit einigen kurzen Bemerkungen abtun. Also, der Leser wird begreifen, daß, wer Käs ißt, gewisse im Käs vorkommende und im Körper nicht weiter zu verwertende Bestandteile wird ausscheiden müssen. Die Ausscheidungen aus dem Körper sind von dreierlei Art: gasförmig, flüssig und fest. Zu den gasförmigen Ausscheidungen gehören die Gase der Atmung. Der Gehalt an Gasen im Käse ist beträchtlich, und es ist deshalb nicht zu verwundern, wenn wir bei käseessenden Menschen die gasförmigen Bestandteile des Käses in der Atmung ausgeschieden sehen. Zu den flüssigen Ausscheidungen des Körpers... Doch ich sehe, ich komme hier zu tief hinein. – »Mond-Abtritt«, – um die Sache einmal von dieser Seite anzupacken, – welches Wort außer hier in der ganzen Erzählung nicht mehr vorkommt, kam auf dem Mond überhaupt nicht vor; und der naserümpfende Leser wird einsehen, daß ich irgendwie um Ersatz für diese Einrichtung besorgt sein mußte. Im Mondzimmer selbst denselben zu suchen, ging aus naheliegenden Gründen nicht; wenn aus gar keinem andern, so, um mich nicht zu verraten. Mein Instinkt trieb mich in den Mondkeller, dessen Klappe ich jetzt schon mit größerer Leichtigkeit handhabe. Unten machte ich den Rundgang um die Maschine, den der Leser schon kennt, fortwährend mich an der Wand haltend, um nach irgend einer verborgenen Ecke zu suchen; als ich über die Käse stieg, polterte einer gegen die Wand, und

ich hörte deutlich an der betreffenden Stelle einen eisernen Ring wie
auf Holz umklappen. Ich langte in der Finsternis hin und entdeckte
etwas oberhalb der Käse einen eisernen Riegel, der verschiebbar
war; nicht weit von ihm war der Ring, den ich fallen gehört, durch
ein Scharnier im Holz befestigt. Und indem ich nun, neugierig gemacht, mit beiden Händen an der Wand weiter tastete, fand ich die
deutlichen Umrisse einer Art Luktür. Um mich zu überzeugen, nach
welcher Richtung sie aufging, nahm ich den eisernen Ring in der
Mitte fest in die Rechte, und zog mit der Linken den Riegel zurück.
Die Tür fiel schwer und gegen meinen Willen mir aus der Hand
und kreischend nach außen; und vor mir lag eine graue, unermeßli-
che Tiefe, aus der nur ein leichter Luftzug mein vor Angst schwit-
zendes Gesicht traf. Obwohl ich vor dem nächsten Gedanken, der
jetzt durch mein Hirn fuhr, schaudern zurückbebte, so bot er doch
die einzige Möglichkeit mich in meiner Bedrängnis zu erlösen. Und
so schickte ich mich denn an, dieser grauenhaften Tiefe von unge-
zählten Aeonen die im Käs enthaltenen, und bei der Verdauung im
Körper nicht weiter verwertbaren Bestandteile zu übergeben. –
Weiter wurde die Nachtruhe dann nicht mehr gestört. –

Nun kam eine langweilige, kaum zu erlebende Zeit. Es konnten wohl acht Tage vergehen, bis sich etwas ereignete, das nicht im Rahmen des täglichen Einerlei dieser höchst beschränkten Mondwirtschaft gelegen wäre. Für mich bildete sich allmählich eine Art Tagesordnung, ein Stundenplan aus, der mir teils durch die Vorsicht, teils durch die Notwendigkeit, mich zu verköstigen, und durch sonstige kleine Bedürfnisse, wohl auch ein klein wenig durch die Neugier, vorgeschrieben war. Tagsüber, das heißt, was durch das Verhalten der Mondleute, Aufstehen, Essen, Spinnen u.s.w. sich als Tag charakterisierte, lag ich regungslos wie eine Eule unter meinem Bett; mit dem Herannahen der Schlafenszeit rüstete ich mich zu meinem nächtlichen Streifzug; und nachts schlich ich lautlos wie eine Katze umher, teils um nur Bewegung zu machen, teils um mich zu verproviantieren. Jeden dritten Tag brauchte ich einen Käs, den ich mir im Keller holte. Meine Stiefel zog ich gar nicht mehr an; im Liegen brauchte ich sie nicht, und beim Gehen konnten sie mich höchstens verraten; ich steckte sie definitiv zwischen Matratze und Bettlade der Mondfrau, denn an ein Umkehren des Bettzeuges dachte man auf dem Mond nicht. Oft schlief ich nachts, wenn ich meinen Raubzug beendigt hatte, oft machte ich kein Auge zu; und dann quälte mich in dieser Einsamkeit ein Haufe von absonderlichen Gedanken; und dabei kam es mir oft vor, als sei meine geistige Perceptionskraft in der lautlosen Stille schärfer als sonst; manchmal war es, als wäre ich inspiriert; eine ganze Konstellation wohlausgeführter Bilder zog vor meinem geistigen Auge wie ein Bilderbogen vorüber. Und dann fuhr ich auf und glotzte unter der Bettlade hervor, als wollte ich die Bilder schärfer sehen und sie präzisieren. Und schließlich rumpelte ich hervor, und ging wie fiebernd zwischen der schnarchenden Gesellschaft im Zimmer auf und ab, um mir zuletzt in einem halb geflüsterten, halb unterdrückten Monolog Luft zu machen: »Welche Existenz!« – begann ich, – »diese armen Leute; – hier verlassen, und wie im Bagno! – Und dreißig Kinder aufbringen! – Und alles von drunten auf der Erde zusammenlesen müssen! – Denn, wo wäre denn sonst eine Verbindung? – Futter, Kleider, Mobiliar; – wo kriegt der Mann seine Käse her? – Er stiehlt sie aus einem Leydener Export-Haus! – Ja, das ist auch schneller gesagt als getan. – Wenn nun der Mond nicht über Leyden hält, sondern über Amsterdam oder über dem Meer? – Läuft er dann seine hundert Stunden – oder schwimmt er sie?

– Und inzwischen bewegt sich doch die Erde unter dem Mond weg! – Findet er dann wieder seine Strickleiter? – Wo holt sich der Mann seinen Teer für die Strickleiter? – Wo man Käse kriegt, findet man doch nicht auch gleich Teer! – Wenn ein Eisenband an einem Laden losgeht, woher kriegt er ein neues? – Und dann, wenn der ausgemergelte, totmüde Mann heraufkommt, wird er geschimpft, kriegt eventuell Prügel! – Welche Existenz! – Kann man das Armut nennen oder Misère? – Ist dies Verhältnis nicht vielmehr mirakulöse Tollheit? – Von wem hängen die Leute ab? – Verdienen sie etwas? – Tun sie etwa Spitzen klöppeln für eine schlesische Fabrik? und der Mann nimmt das Geld und geht damit nach Holland und kauft Käse? – Habe nie einen Spitzen-Rahmen gesehen! – Besorgen sie etwas im meteorologischen Haushalt der Natur? – Tun sie beleuchten, wie der einsame Bewohner auf einem Leuchtturm, und werden dafür von der Erde aus bezahlt? Unmöglich! – Der Mond ist ja immer ganz schwarz! – Woher kommen die Leute denn? Kommen sie von der Sonne, oder, wie die Leute sich ausdrücken, von der Butterkugel? – Oder kommen sie von der Erde? – Vom ›großen Käs‹? Oder sind sie ein Geschlecht sui generis? – Warum sprechen sie denn den Misch-Masch, den man zwischen Köln und Maastricht spricht? – Wie lange leben diese Leute und was wird aus ihren Kindern? Und wenn Jemand stirbt, was machen sie mit der Leiche? Werfen sie die aus der Keller-Luke heraus? – Ha, infernale Mystifikation!« – schrie ich ganz laut und vollständig meiner Umgebung vergessend und schlug mit der Faust auf den Bettrand, an den ich, auf- und abgehend, gerade angekommen war. Ich traf auf einen großen Fuß, der dort aus der Bettdecke herausstand; es war das Bett der Mondfrau; und wie von einer Tarantel gestochen fuhr die Alte im schwefelgelben Nachtkittel im Bett auf: »Himmel, Arsch und Käs!« keuchte sie mit schleimiger Stimme, »was ist das?« Ich drückte mich schleunigst unter den Bettrand und gleich darauf, hörte ich, fiel sie schwer wie ein Mehlsack wieder auf die Kissen zurück. – Ich kroch leise zu meiner Schlafstelle, und für diese Nacht wurde die Ruhe dann nicht mehr gestört.

Ich mochte vielleicht acht Tage auf dem Mond sein, als mir eines Morgens auffiel, daß die Vorbereitungen für den kommenden Tag ganz andere als bisher waren: Die gewöhnlichen Reinigungs-Vorgänge waren alle weggefallen; die Mondfrau putzte keine Kleider aus und machte sich nicht stundenlang mit den Pipitöpfen zu schaffen; die Kinder saßen in besseren Kleidern, ohne zu spinnen, schweigend und erwartungsvoll dort; die Käsportionen waren größer ausgefallen; feierlich und ernst schleppte der hagere, ledergelbe Hausvater durch die Stube. Es mochte etwa die Zeit sein, die wir drunten auf Erden zehn Uhr vormittags nennen, als Tisch und Bänke in eigentümlicher Ordnung zusammengestellt wurden; alle Kinder nahmen Platz; am oberer Ende die Hausmutter; in einen guten Shawl einwickelt, der vorne von einer schönen Brosche mit leuchtendem, gelben Topas zusammengehalten wurde, schlug sie ein Buch auf, einen abgegriffenen Folianten mit Goldschnitt, in den sie jedoch nur selten und flüchtig hineinsah, und begann folgendermaßen: »Am Anfang war der große Käs, der tief drunten im Nebel hockt, und schnarcht, und in Dampf eingewickelt ist. –«

»Aber noch ehe der große Käs war, war das Mondhaus, das unter dem Gewölke herrscht.«

»Und das Mondhaus ward erleuchtet, und ernährt, von der großen Butterkugel, die am Himmel schwebt.«

»Und ihre fetten Strahlen befruchteten das Mondhaus, und es ward dick davon.«

»Und eines Tages, als der Mond überdick war, sprang er auf und gebar den großen Käs, der herunterfiel in die Tiefe, wo er in der Finsternis schnarcht.«

»Und auf dem Mond wuchsen der Mondmann und die Mondfrau; und sie gebaren dreißig Mondkinder, und wurden gespeist von der großen Butterkugel, die am Himmel schwebt.«

»Aber siehe, eines Tages, als der Mondmann an seinem Fenster stund, verlachte er die Butterkugel, die vorüber zog; und es blieben aus die fetten, ernährenden Strahlen, und kamen nur noch kalte, leuchtende Strahlen; ob der Sünde willen.«

»Und der Mondmann, von Fluch beladen, mußte sich eine Leiter bauen, hinunter zum großen Käs, wo kleine, schwarze Menschlein pusten und schwitzen und runde Käse bauen, und mußte sich Nahrung holen für sich, für die...« – Während so die Mondfrau explizierte, wurde es immer stiller in dem kleinen Raum; lautlos und mit glänzenden Augen blickten die Kinder auf den Mund der Erzählerin; besonders die jüngeren; während von den älteren einige mit ihren Schürzbendeln spielten; woraus ich schloß, daß dieses merkwürdige Exposé nicht zum erstenmal vorgetragen war. – Aber die Mondfrau hatte die obige Phrase nicht zu Ende führen können, denn plötzlich wandte sich der Mondmann, dem schon während des ganzen Vortrags einige unverständliche Flüche entfahren waren, um und mit den Worten: »Verdammter Schwindel! Verfluchte Lüge!« riß er den heiligen Folianten der Mondfrau aus der Hand und schmetterte ihn gegen die hölzerne Wand, daß das ganze Mondgehäuse erzitterte. Die Kinder sprangen kreischend von ihren Plätzen und verkrochen sich zwischen den Bettläden. Die Hausmutter aber, wie mir schien, an solche Szenen gewöhnt, erhob sich mit großer Würde und sagte: » Papa, warum störst Du den Religionsunterricht?« – Der Mondmann: »Weil das alles Schwindel ist, was Du den Kindern lehrst!« – Die Mondfrau: »Wer sagt Dir, daß das Schwindel ist? Hast Du mir nicht die ganze Entstehung unserer Armseligkeit selbst so erklärt?« – Er: »Meiner Lebtage nicht! Der Gedanke, mittelst einer Leiter auf den großen Käs hinunterzusteigen, war meine originäre Idee!« – Sie: »Wer bestreitet Dir, daß Du ein gescheiter Kerl bist, und daß wir ohne Dich verhungern müßten?« – Ersterer: »Die Kinder werden mich für einen Lumpen und Spitzbuben halten!« – Letztere: »Hast Du damals nicht zum Himmel hinauf gelacht? Und steht die Butterkugel jetzt nicht immer auf der Rückseite von unserem Haus?« – Wiederum Er: »Die Butterkugel am Himmel ist ein gedankenloser Brocken!« – Wieder Sie: »Sie war die Ernährerin von uns Allen, die Erfreuerin unseres Herzens, unsere Göttin!« – Der Mondmann: »Ich bin das höchste Wesen unter dem Himmel, weil ich denke!« – Die Alte: »Du bist ein armseliger, bedauernswerter Tropf!« – Er: »Mondfrau!« – Sie. »Ich fürchte mich nicht vor Dir!« – Zu diesem Moment ging der ockergelb gewordene Hausherr auf seine Mitbewohnerin zu, packte sie bei der Gurgel und warf sie mit solcher Vehemenz zu Boden, daß das ganze Holzhaus dröhnte. Aber fast im selben Augenblick fuhr unten im Keller krachend ein Laden auf, welches vermutlich die Luk-Tür war, und es entstand ein dumpfes Gepolter, wie von rollenden Gegenständen. – »Unsere Käse!« rief die Mondfrau, »unsere Käse stürzen in die Ewigkeit!« – Im Nu hatte sich die schwere Frau erhoben, tappte mit wenigen Schritten gegen die Falltür, schlug sie zurück und verschwand; – man hörte noch ein kurzes Poltern, dann ward die Luktür drunten geschlossen und verriegelt. – Schnaufend und kreidebleich erschien nach zehn Minuten, während derer der Hausherr starr vor sich hingeglotzt hatte, die Mondfrau: »Fünf Käse«, schluchzte sie, »sind hinausgestürzt. – Eins von den Kindern muß für diesen Monat hungern oder – sterben!« – Der Mondmann blieb starr und regungslos wie von Glas. – Die Kinder hörte man hinter den Bettstatten leise glucksen. Während der folgenden vierundzwanzig Stunden wurde kein Wort gewechselt; und das Schmatzen der Mäuler bei den nun kärglich ausfallenden Käsportionen, das Knerzen der Bettladen und das Auf- und Abschleppen des schweigend in sich versunkenen Hausherrn, waren die einzigen Geräusche in dieser schrecklichen Einsamkeit.

Der Leser möge mir verzeihen, wenn ich über den Eintritt dieser vierundzwanzigstündigen Pause nicht ganz ungehalten bin; weniger der Pause selbst wegen, als, weil ich wieder einen Tag habe, an dem ich Nichts zu berichten brauche, und ich somit dem Ende meiner Erzählung um die gleiche Zeitdauer näher gerückt bin. Denn es ist keine Annehmlichkeit, lediglich mit Rücksicht auf den Leser, damit er keine Lücke entdecke, und damit er sich ein getreues Bild von dem ärmlichen Haushalt da droben mache, jedes, auch noch so kleine Ereignis zu erwähnen, und alles, bis zum Bedenklichen, registrieren zu müssen. – Wer frei erfindet, – der Dichter, – tut sich leichter. Er wählt willkürlich aus seiner Inspiration das aus, was er dem Leser mitzuteilen für gut befindet. – Wer, wie ich, von einer Reise zurückkehrend, dieselbe beschreiben soll, ist ein Sklave und literarischer Handlanger, denn er ist von dem Geschehen, von dem Erlebten abhängig; und wehe ihm! wenn er etwas verschweigt. Das Einzige, worin er sich auszeichnen kann, ist der Stil; aber auch da weiß ihm der Leser wenig Dank; denn gerade bei absonderlichen Ereignissen verlangt derselbe eine einfache, ungeschmückte Form. – Übrigens waren die vierundzwanzig Stunden, während derer Mondmann und Mondfrau nichts miteinander sprachen, insofern für mich nicht ganz ereignislos, als ich auch hier meine Zweifel und Gedanken nicht verließen, die ich aber, – Gott sein Dank! – dem Leser nicht mitzuteilen brauche. – Diese Mond-Entstehungs-Geschichte kam mir nämlich nicht aus dem Kopf; und wenn ich auch von der eigentlichen Genesis, die die Mondfrau vortrug, nichts verstand, so war es doch ein Punkt, der mich lebhaft interessierte:

die fortwährend rückwärtige Stellung der Sonne, der »Butterkugel« in der Sprache der Mondleute, auf der fensterlosen Mondseite. Es war doch klar, daß das angebliche Lachen des Mondmannes – und wär' es vor tausend Jahren geschehen – nicht den geringsten Einfluß auf die Stellung der Sonne ausüben konnte. Sondern hierfür mußten astronomische Gründe angegeben werden. Wie die naiven Leute da oben sich die Sache schließlich zurecht legen würden, welche Historie sie darüber ausheckten, und ob sie sich derohalber an der Gurgel packten, war dann einerlei. Tatsache war, daß wir seit acht Tagen Dämmerung hatten ohne eigentliche Verdüsterung zur Nachtbildung, und ohne Aufhellung zur Tagesbildung; und nur die außerordentlich regelmäßige Lebensweise der Mondleute gestattete mir, noch weiter die Tage zu zählen, und der Feststellung der Dauer meines Aufenthaltes meine Strohhalme zu stecken. Wie ich gleich hinzufügen will, dauerte dieser merkwürdige Beleuchtungszustand noch weitere acht Tage, also im ganzen vierzehn Tage, und was dann eintrat, wird der Leser auf der vierten oder fünften Seite von hier aus mit Staunen erfahren. Für mich handelt es sich zunächst darum, zu konstatieren, ob wirklich die »Butterkugel«, – von der die Mondfrau die fantastische Legende vortrug, selbe hätte früher ernährende Strahlen ausgesandt, – auf der Rückseite, also auf der fensterlosen Seite des Mondes stund, wo allerdings eine auffallende Wärme im Zimmer, wie ich früher andeutete, diese Annahme wahrscheinlich machte. Zur Erreichung dieses Zweckes gab es drei Wege: Ich konnte auf das Dach steigen, wo der Mondmann während der ersten Tage seine Teerpappen-Reparaturen vorgenommen hatte, und von wo aus zweifellos ein tadelloser Rundblick möglich war. Zweitens: ich konnte mit einem Wellenbohrer die rückwärtige Mondwand anbohren und mit dem einen Auge durchblicken. Drittens: ich benutzte die etwas seitliche Lage des Lukfensters im Keller, um durch weites Hinauslehnen und Beobachtung des Horizontes, wenn nicht die Sonne selbst, doch einen Teil ihres reflektierten Lichts auf dem Mondhaus in Form einer Sichel wahrzunehmen. Zum ersten Projekt fehlte mir die Courage, zum zweiten der Bohrer, und das dritte beschloß ich gleich in der folgenden Nacht durchzuführen. – Wir standen vor der neunten Nacht: Samstag Nacht oder Sonntag in aller Früh, war ich heraufgekommen; also die Nacht Montag auf Dienstag in der zweiten Woche, wenn ich recht gezählt hatte. – Es mochte einige Stunden vor Mitternacht sein. Ich hatte

keinen Grund anzunehmen, daß nicht alles bereits in seinen Betten
war und schlief; wiewohl ich während des ganzen Abends vollständig apathisch unter meinem Bett gelegen war und auf nichts
aufgepaßt hatte, was um mich her vorging. Die Kellertür war offen;
dies war nichts Auffallendes in der letzten Zeit. Die Mondfrau hatte
selbe wiederholt aufgelassen; so wenig auffallend wie das Gemisch
von Käs- und Teer-Geruch, welches draus hervordrang und welches meine Nase kaum mehr empfand. Ich war schon sehr vertraut
mit den unteren Räumlichkeiten; wenn durch nicht Anderes, durch
das viele Käsholen. So ging ich denn rasch die paar Staffeln hinunter, über den weichen Hanf, um die Aufwind-Maschine herum, in
der Richtung auf die Käse zu, als ich plötzlich erschrocken wie vor
einem Gespenst inne hielt: In der Fensterluke saß ein dickes Weib
mit aufgeschlagenen Röcken und hatte über dem Haarscheitel einen
langen, strichförmigen, glänzenden Licht-Reflex, wie von einem
Vollmond, der, nach der ganzen Art der Richtung und des Auffallens von draußen, aus der Scharnierlücke des halbaufgeschlagenen
Ladens kam. Das Weib keuchte und preßte und hielt den Atem an,
als gälte es eine Riesenarbeit zu vollenden. Und ehe ich schlüssig
werden konnte, was in diesem Fall zu tun, hatte sie mich bemerkt
und sprach mich an: »Kommst Du auch Papa? Es ist für Dich höchste Zeit; freilich Du ißt ja schrecklich wenig.« – Ich erkannte jetzt die
Stimme, es war die Mondfrau. – Doch diese Entdeckung erschien
mir nicht so sehr wichtig; ich wäre wohl auch so draufgekommen:
denn welche weibliche, dicke Person sollte denn auf einmal durch
die Kellerluke zum Mond hereinsteigen?! – Die Mondfrau war mit
dem Stuhlgang beschäftigt; vermutlich dem ersten seit meiner Her-
aufkunft; diese Tatsache war für mich von nicht geringer Satisfakti-
on, weil ich den Platz für diesen Zweck zuerst entdeckt hatte; aber
auch dieser Gedanke beschäftigte mich nur flüchtig. – Die Mondfrau hielt mich in der Dunkelheit für den Hausherrn. Dies war ein
Glück, aber hervorragende Bedeutung konnte ich diesem Umstand
ebensowenig beimessen; obwohl, wenn es gegenteilig gewesen
wäre, wenn die Mondfrau mich als Fremden erkannt hätte, ich keinen Anstand genommen hätte, sie mitsamt ihrem Stuhlgang hinunter auf den »großen Käs« zu stürzen; lieber, als mich gegebenen
Falls von ihrem Mann totschlagen oder aushungern zu lassen. –
Nein! was mir von fundamentaler Wichtigkeit schien, war der
strichförmige, glänzende Reflex auf dem Haarscheitel der Mond-

frau! Das war keine Sonne oder »Butterkugel«-Stoff. Das war genau wie Mondlicht, was da durch die Ladenspalte hereinfiel. – – Mondlicht? – Aber, auf dem Mond waren wir ja selbst! – Ha, infernale Täuschung! – sagte ich zu mir, – wenn wir doch nicht auf dem Mond wären! – Doch ich ließ den Gedanken gleich wieder fahren. Es war ja reine Torheit, über diesen Punkt weiter nachzugrübeln. Und da die Mondfrau, wie mir schien, Anstalten zur Beendigung ihrer Sitzung machte, ich auch durch weiteres Anglotzen des strichförmigen Reflexes, der jetzt auf ihrem Buckel ruhte, nichts profitiert hätte, so machte ich mich aus dem Keller, und ahmte, um ein Übriges zu tun, auf der Treppe den schlappigen Schritt des Mondmanns nach. Oben eilte ich dann unter mein Bett. Es dauerte wohl noch eine Stunde, bis die Alte heraufkam. Sie packte ihren Mann, als sie an seiner Bettstatt vorbeiging, kräftig beim Arm, schüttelte ihn und rief: »So, jetzt kannst Du hinunter!« – Dann ging sie zu Bett. – Aber der Mondmann blieb liegen, und die Mondfrau blieb liegen, und ich blieb liegen. Und die Ruhe wurde für diese Nacht dann nicht mehr gestört.

Wenn ich, lieber Leser, abgesehen von den Gefahren, die ich bestanden, und von den Konsequenzen, die sich für meine Person ergaben, einen Wunsch hatte, als ich glücklich vom Mond herunter und die Erde wieder erreichte hatte, so war es der, ein Astronom möchte statt meiner auf dem Felde zwischen Leyden und D'decke Bosh den Mondmann angetroffen haben. Seine Beobachtungen würden von ungeheurem Wert nicht nur für seine Wissenschaft, sondern für unser ganzes Verhältnis zum Mond, zum Himmel, zum Sonnensystem gewesen sein. Nach seiner Rückkehr wäre er ganz gewiß, wie ich relegiert, zum Ehrendoktor erhoben worden, und einige Kometen oder Fixsterne hätten die Ehre, unter seinem Namen den Himmel zu durchwandern. – So kam ein Mensch hinauf, der, ohne astronomische Vorkenntnisse, keine solche zu erwerben, noch für die Welt nutzbar zu machen suchte, und dem, wenn für ihn das Bewußtsein der persönlichen Gefahr wegfiel, ein Strich-Reflex auf dem Rucksack der Mondfrau, schon durch die Farbe, die Silhouette, die ganze Konstellation, tausendmal mehr Interesse erweckte, als etwa die Frage, ob besagter Reflex vielleicht, da wir auf dem Mond waren, von der vollbeleuchteten Venus in ihrer Mondnähe herrühren könne. – Ich mache diese Bemerkung, weil wir jetzt vor dem astronomisch jedenfalls wichtigsten Ereignis meines Mond-Aufenthaltes stehen. Und ich mache sie, um jede Frage mathematischer, physikalischer oder sonst welcher Natur, die nur dazu führen kann, meine Unwissenheit zu konstatieren, abzuschneiden. – Nachdem nämlich die Dämmerung in ziemlich gleichmäßiger Weise vierzehn Tage gedauert hatte, während welcher Zeit die Sonne mit ziemlicher Wahrscheinlichkeit auf der fensterlosen Rückseite des Mondes stand, wurde es – Nacht! – Ja, Nacht wurde es, nicht Tag, wie ich und vielleicht mancher Leser erwartet hatte. Warum? – Ja, das weiß ich nicht. Es wurde aber Nacht. Und ich bitte den Leser, alle folgenden Ereignisse in diesem Licht zu betrachten; oder so, als gingen sie im Mondkeller vor sich. Und damit weiß der Leser auch, daß wir in der zeitgerechten Abwicklung der Begebenheiten um weitere acht Tage fortgeschritten sind. Irgendwie Hervorragendes war nämlich seit dem letzten Dienstag, der oben erwähnt ist, nicht vorgekommen. – Ein Nachttopf zerbrach. Die Klagen über das Nicht-Ausreichen der Käse wurden mit dem Dünnerwerden der Käseproportionen immer größer. Ich selbst schränkte jetzt meine Magen-Bedürfnisse etwas ein, um mich als Mitesser nicht allzu fühlbar zu machen. – Aber ein interessantes, wenn auch kurzes Zwiegespräch zwischen den beiden Gatten, ebenfalls über die Käse, muß ich doch ganz hierhersetzen: Die Mondfrau verlangte nämlich, er solle in der Zwischenzeit, sie meinte wohl, unter dem Monat, hinuntersteigen und Käse holen. Er verneinte kopfschüttelnd. Die Alte war taktlos genug, darauf hinzuweisen, das Hinausstürzen der Käse aus der Kellerluke vor acht Tagen, oder wann es war, sei seine Schuld gewesen; folglich müsse er für Ersatz sorgen. – »Ich darf nicht!« erwiderte der Mondmann. – »Wir verhungern!« entgegnete die Alte. – »Ich darf nicht,« – wiederholte der Mondmann, indem er sich aufrichtete und mit drohender Miene den rechten Arm erhob – »ich darf nicht ohne Mond hinuntersteigen!« – – Ich darf nicht ohne Mond hinuntersteigen! – Von diesen Worten ging etwas wie ein helles Licht auf alle die sonderbaren Gepflogenheiten dieses merkwürdigen Menschen aus. Er durfte nicht ohne Mond hinuntersteigen. War denn der Mondmann durch irgend welche Gesetze gebunden? Faßte er sein Verhältnis zur Erde als ein ethisches auf? – Oder lieferte er den Vollmond jedesmal am Schluß des Monats an einen holländischen Spekulanten ab? – Hatte der Mondmann Religion? – Was war der tiefere Grund dieser merkwürdigen Phrase? – Ich weiß es nicht. –

Wir waren also jetzt in vollständige Nacht gehüllt. Und war der Aufenthalt auf dem Mond bis dahin erträglich, so wurde er jetzt ein elendes und trauriges Dasein. Ich kam mir vor wie im Zuchthaus; wie ein Maulwurf, der zum Winterschlaf verdammt ist. Die Hoffnung, daß ich mich jetzt etwas freier werde bewegen können, erwies sich als eine trügerische. Denn die Mondleute waren an die Dunkelheit gewöhnt; ihre Augen, die nur zwischen Dämmerung und Nacht unterschieden, und, wie ich vermutete, nie ein grelles Licht zu ertragen gehabt, waren andere als unsere irdischen Augen. Und beinahe wäre ich ein Opfer dieses von mir nicht vorhergesehenen Umstandes geworden, indem die Mondfrau, als ich, durch die Dunkelheit sicher gemacht, einmal im Begriffe war, in den Keller hinunterzusteigen, während sie selbst mit den Kindern zu Tische saß, mich sah; wie wütend sprang sie auf, und da ich schon einige Stufen hinunter gemacht hatte, warf sie mir die Klapptür mit den Worten: »Jetzt wird kein Käs mehr geholt!« mit solcher Vehemenz auf den Kopf, daß ich halb betäubt hinunter in den Hanf fiel. Aus den hinterher geschrienen Worten: »Jetzt will er auf einmal essen!« schien hervorzugehen, daß sie mich für den Mondmann gehalten, obwohl ich viel, viel kleiner bin. Der lag aber angezogen auf dem Bett und schlief. – Worauf einzig und allein die Dunkelheit im gewöhnlichen Gebaren der Mondleute einen Einfluß hatte, das war die Unterhaltung, die oft halbe, oft ganze Tage stockte. Und wie ein chinesisches Schattenspiel bewegte sich diese merkwürdige Gesellschaft nun an mir vorüber. Im übrigen aber folgten die Verrichtungen des Tages wie früher in sicherer Regelmäßigkeit aufeinander: Die Kinder spannen; die Mondfrau räumte den lieben langen Tag auf, oder hantierte im Keller, und der Mondmann, der noch während der ersten zwei Wochen einigemal auf's Dach geklettert war, um Dachpappen aufzulegen, oder Kloben anzutreiben, lag jetzt meist auf dem Bett, oder ging mißmutig auf und ab. – Eine einzige Erscheinung, die vollständig neu war, trat am zweiten oder dritten Tag der Nacht-Gleiche auf. Auf der Südseite des Monds, – ich sage Südseite, weil ich mich immer nicht von dem Gedanken los machen konnte, daß dort drüben hinter der Mond-Wand die »Butterkugel« stand; ich meine aber die fensterlose Rückseite, – von dort hörte ich bis unter mein Bett hinunter ein eigentümliches Knistern und Pratzeln; ich glaubte erst, es seien die nach vorgängiger Erwärmung nun erkältenden Teerflächen; gleich in der folgenden Nacht aber kroch ich hervor, zwängte mich durch zwei der Mädchen-Bettstatten und legte mein Ohr an diese Südwand. Das Geräusch, welches immer auffallender und lauter wurde, dauerte mir für eine Kontraktion durch Erkaltung nun zu lange; gleichzeitig stieg ein verdächtiger, brenzlicher Geruch auf; es war für mich fast kein Zweifel mehr, daß die Dach-Pappen draußen brennen, oder in einem Erhitzungs-Stadium sich befinden, der dem Ausbrechen der Flammen knapp vorhergeht. Ich kam in große Beunruhigung. Ich dachte mir: Soll ich den Mondmann wecken? – Ich den Mondmann wecken! – Kann denn ein Mensch, – entgegnete ich mir selbst, – der aus Zufall heraufgekommen ist, den Mondmann wecken wollen? – Die Leute würden ja wahnsinnig werden vor Schrecken, wenn sie mich an ihrem Bett stehen sähen! Abgesehen davon, daß ich den eigentümlichen Dialekt, den sie sprachen, in diesem Moment nicht hätte nachmachen können. – Ich kann den Leser versichern, daß ich in diesem Augenblicke nicht an meine Person dachte, sondern daß mir der Mond zumeist am Herzen lag. Ich befand mich in der Lage eines Menschen, der Nachts auf einem Eisenbahn-Zuge fährt, und beim Herausschauen aus dem Fenster entdeckt, daß eine Achse heißgelaufen ist, und nicht weiß, wie er sich kundgeben soll. Er ist wohl in Gefahr, aber in weit größerer Gefahr ist doch der Zug. – Doch was wollte ich machen? – Ich schaute noch einmal zum Fenster hinaus, und als ich keine Helle bemerkte, kroch ich unter mein Bett. – Aber erst am folgenden Morgen, als das Geräusch niemandem auffiel, wurde ich ruhiger.

So kam das Ende der dritten Woche herbei. – Das Leben wurde immer trostloser. Es war eine Qual zuzusehen, wie die Leute in der finsteren Nacht sich aus ihren Betten erhoben und zum kärglichen Mahl zusammensetzten; man hätte an eine Arbeiterfamilie glauben mögen, die vor Tagesgrauen aufgestanden, und schweigend und geschäftig den Morgen-Imbiß zu sich nimmt, um sich dann ebenso flink auf die Arbeit zu begeben. Es war ein grauenhaftes Einerlei. Der Mondmann und die Mondfrau sprachen oft tagelang kein Wort; sie waren überhaupt seit jener Rauf-Scene in kein erträgliches Verhältnis mehr zueinander gekommen; und es schien mir, als

überlege manchmal die Mondfrau, die überhaupt klüger und was
man sagt welterfahrener oder monderfahrener war, welche Rolle sie
spielen solle, die der versöhnlichen, nachgiebigen, oder der brüs-
ken, auf ihrem Recht stehen bleibenden Gattin. Leider richtete sie
nur mit beiden Manieren so schrecklich wenig aus, weil mit dem
Mann gar nichts anzufangen war. Dieser ewig unzufriedene, in sich
verbissene, aber zum Klagen viel zu stolze Mann bemerkte gar nicht
die kleinen Komödien seiner Frau, sondern war immer mit anderen
Dingen beschäftigt. Mir schien, dieser spekulative Kopf steckte weit
im Himmelsgebäude drin, im dem Triangel zwischen Venus, Erde
und Sonne, und er wartete auf irgend eine Weltkonstellation, um
seine traurige Lage zu verbessern. Die Kinder sprachen fast gar
nichts, und aus der unbeholfenen Manier, in der sie gewisse Bedürfnisse der Mutter anzeigten, schien mir hervorzugehen, daß sie
des Sprach-Dialekts ihrer Mutter überhaupt nicht vollständig mächtig waren, mit einem Wort, daß es Idioten, zum Teil vielleicht Taub-
stumme waren.

Es war in einer Nacht um die Wende der dritten und vierten Woche. Ich lag unter meinem Bett. Die auffallendste Erscheinung aus
der zweiten Phase meines Mondaufenthalts, das Knistern und Pratzeln außerhalb des Mondgebäudes, beschäftigte fortwährend meine
Gedanken. Irgendwelches künstliche Licht, – sagte ich mir, – besteht
auf dem ganzen Monde nicht. Es wird nicht gekocht, nicht ge-
wärmt, nicht geheizt; nirgends ein Schwefelholz; niemand raucht;
nirgends eine Friktion oder Reibung. Es kann also aus dem Innern
der Mondwohnung nichts nach außen gekommen sein, welches die
Überhitzung der Teer-Platten bewirkt haben soll. Sonach muß diese
Überhitzung oder In-Brand-Setzung einem meteorologischen Ereignis zugeschrieben werden. Und dann bleibt als Ursache nichts
anders anzunehmen übrig, als die Sonne, die in dieser reinen Höhe
von größerer Treff-Sicherheit ihrer Strahlen, und bei dieser Continu-
ität des Auffallens, – denn die Sonne mußte solange drüben gestanden sein, als wir herüben auf der Nordseite Dämmerung hatten,
d.h. vierzehn Tage, – schließlich die Teerplatten entzündete, und
durch Überhitzen der ganzen Mondrinde, auch nach ihrem Unter-
gang ein fressendes Fortkriechen des Verbrennungs-Prozesses be-
wirkte. – Damit stimmte, daß das verdächtige Geräusch in der linken Ecke der südlichen Hemisphäre begonnen, und einem draußen

wandernden Himmels-Körper entsprechend, sich bis zur rechten
Ecke der gleichen Hemisphäre fortgesetzt hatte, während die nördliche Mondhälfte so gut wie noch unberührt war. Dann, – kalkulierte ich weiter, – ist dieser ingeniöse Teer-Überzug nicht nur ein
Schutz gegen Wind und Wetter, sondern auch gegen die sengenden
Sonnenstrahlen, die sonst das hölzerne Mondgebäude angreifen
würden. – Aber dann, – schloß ich endlich, – müssen diese glühenden Teer-Platten von Zeit zu Zeit abgekratzt werden, sonst geht
eines Tages die ganze Mond-Baracke in Flammen auf. – Als ich bis
zu diesem Punkt in meiner Erwägung gekommen war, bemerkte ich
plötzlich am Fenster, an jenem Teil, den ich von meiner Lage unter
dem Bett aus übersehen konnte, eine auffallende Helle. Sie war
nicht flackernd, sondern ruhig, Deshalb blieb meine Gemütslage
zunächst unberührt. Auch schien dieselbe nicht mit dem Mond
direkt zusammenzuhängen, vielmehr dem Horizont anzugehören.
Aber trotzdem erschrak ich, als diese Helle, die von der linken Seite
her sich ausbreitete, ein großer, feurig-glänzender, kompakter Rand
am Himmel nachfolgte, der einem Körper von riesigem Durchmesser angehören mußte. Als wenn eine Feuersbrunst ausgebrochen
wäre, verließ ich schleunigst meine Lagerstätte und stürzte ans
Fenster. Ein furchtbarer, schauerlicher und grenzenlos schöner Anblick bot sich meinem Auge: Von links her näherte sich eine mächtige, gelbglühende Kugel, die am gänzlich schwarzen Himmel nicht
wie ein Gestirn, sondern wie ein verderbenbringendes, aus einer
anderen Welt hereingeschleudertes, sphärisches Ungetüm sich ausnahm. Obwohl ich mich rechts stellte, – das Fenster wagte ich nicht
aufzumachen, – soweit es ging, vermochte ich nicht die ganze Kugel
zu überschauen, die mit verwitterten Rändern und eingebettet in
einem feuchtgrünen Nebel, mit unheimlicher Stetigkeit nach vorwärts und aufwärts strebte, und, äußerlich betrachtet, wie ein zer-
schmolzener, schmutziger Schneeball von der Größe einer
Bräupfanne am Himmel stand. Überraschend war, daß der glän-
zend-duftige Körper trotz seiner Dimension und intensiven Leuchtkraft nicht blendete; es war ein kaltes, bleiches, friedhofähnliches
Licht. Die Nebel um ihn herum schienen in fortwährender Bewegung zu sein, und auf Momente zerriß der grüne Schleier, der den
eigentlichen schwefelgelben Kern zu umschließen schien, – eine
glänzendere, hellere Scheibe rückte heraus, auf der ich dann selbst
wieder dunklere Flecke abgegrenzt von helleren Zonen entdeckte. –

Aber wer beschreibt mein Erstaunen, als ich, in einem Moment, da die feuchten Dämpfe wie auf eine Seite gerissen wurden, und der Himmelskörper in seinem größten Durchmesser sich präsentierte, auf der phosphoreszierenden Fläche, langgestreckt, wie mit feinem Tusch aufgetragen, die deutlichen, die langgehackten Konturen von Nord- und Süd-Amerika erkannte! – Ein befreiender Gedanke stieg in mir auf: Kein Zweifel, die Kugel war die Erde, von der untergegangenen Sonne beleuchtet, und in ihre leuchtkräftige, dunstige Atmosphäre gehüllt. – Dort schwimmt also die Erde! – sagte ich mir, – und dort in der Lüttje-Straat in Leyden sitzt die alte Hausfrau mit den langen Zähnen, und simuliert nach, wo ihr Student hingekommen sein mag, und trauert über ihn, wie über einen entlaufenen Hund, den man zu sehr geschlagen hat. – Die prächtige, dunstgeschwellte Kugel war inzwischen noch weiter heraufgekommen und ich war eben im Begriff, mich auf die eine Seite der Kindbettstatt stützend, von einem etwas höheren Standpunkt aus nachzusehen, ob die ganze Erdfläche erleuchtet sei, als aus dem Hintergrund des Zimmers eine gilsge Stimme rief: »Kinder, der große Käs!« – Und eh' ich mich's versehen konnte, waren sämmtliche Kinder aus ihren Betten gesprungen, und eilten barfüßig an's Fenster. Ich retirierte so schnell wie möglich aus dem schmalen Gang, um unter den Tisch zu gelangen. Aber zu spät! Das vorderste Kind, ein Mädchen von etwa zwölf Jahren, stolperte über mich, und stürzte mit dem blanken Kopf auf den Boden. Scheinbar, ohne sich ernstlich wehe zu thun, denn man hörte kein Wehklagen. Über die Daliegende stürzten noch andere, und im Augenblick lag ein ganzer Knäuel Menschen am Boden. Nun kam auch die Alte herangewackelt. Sie hatte sich Zeit genommen, ihre Schlappen anzuziehen. Das Fenster ward aufgemacht, und die meisten der größeren Mädchen drängten sich nun um die Mutter, die zuvörderst war und sich weit hinaus lehnte, und quatschten und gilften in die Luft hinaus, ohne daß ich ein Wort verstehen konnte. Ich war inzwischen glücklich unter den Tisch gekommen. – Also das ist ihr »großer Käs«, sagte ich mir, von dem sie immer so viel reden, und hier vom Himmel herunter haben sie den kühnen Vergleich abgelesen! – Und jetzt fiel mir auch das Bild ein, welches gerade gegenüber hing, mit seiner rätselhaften Amerika-Darstellung, und das der Mondmann hier an diesem Fenster vielleicht vor unzähligen Jahren, vielleicht als junger Mensch, angefertigt hatte. – Ich begriff, wie diese großartige Erscheinung,

das Vorüberziehen dieses blendenden Himmelskörpers, für die
Mondleute ein Ereignis allerersten Ranges war; für sie, die von der
Sonne nichts weiter zu merken bekamen, als daß sie ihnen ihre
Teerpappen draußen auf der Südseite verbrannte. Es schien auch,
daß eine Haupt-Konstellation im Auf- und Unter-Gehen des »großen Käs« heut Nacht gegeben war, weil die Mondfrau so lang und
so eifrig draußen mit den Kindern plauderte, – daß er vielleicht oft
unterhalb oder oberhalb der Aussichtslinie des Mondhauses weg-
zieht, wie damals, als ich im Keller drunten die Mondfrau in der
Luke sitzend überraschte. Denn von woher anders kam damals der
strichförmige Reflex auf ihrem Buckel? – Allmählich zogen sich die
Kinder einzeln zurück. Erst ganz spät ging auch die Mondfrau fort
mit den zwei Ältesten. Das Eine von ihnen stellte noch, während die
Mutter das Fenster schloß, eine Frage, die ich nicht verstehen konnte; die Alte antwortete aber: »Der Papa schaut den großen Käs nicht
an; er steigt ja alle Monat hinunter!« – Dann ging alles schlafen. –
Ich aber blieb noch lange wach – obwohl der »große Käs« längst
verschwunden war – und saugte den grünen Duft auf, der noch tief
ins Wohnzimmer hereinfiel, wie eine Nahrung, die man lange ent-
behrte; wie eine Botschaft aus einem fernen Weltteil, dem man einst
angehörte, und den man vielleicht nicht mehr sehen wird.

Sollte der Leser nach dem Vorausgegangenen der Meinung sein, es gäbe noch viel Interessantes oder Schönes auf den Mond zu erleben, so will ich ihn gleich hier von dieser Erwartung abbringen. Ja, die Geschichte da droben endet mit einer Katastrofe, und es wird Sache des Lesers sein, nachdem er Näheres darüber erfahren, sich sein Urteil zu bilden. Aber, was den Verlauf dieser letzten Woche anlangt, so war sie wohl die traurigste und erbärmlichste meines Mondaufenthalts: Nichts, oder soviel wie Nichts zu essen; denn die Mondfrau hatte die letzten Käse, aus Furcht, der Mondmann könne sie erwischen und den Kleinen heimlich davon austeilen, versteckt. Zur Zeit als ich dies inne wurde, hatte ich selbst nur noch einen viertel Käs, war somit selbst auf Hunger-Portionen angewiesen. Viele der Kinder blieben jetzt in den Betten, wie mir schien, mit Rücksicht auf die kärgliche Nahrung, um die tierische Wärme besser zu konservieren, und von der Mondfrau dazu angehalten. Das einzig Auffallende in dieser Woche war das Benehmen der Mondfrau selbst; und zwar ihrem Gatten gegenüber. Das war auf einmal ein Betugtsein und ein Bescheidentun und ein Entgegenkommen und Sich-Besorgt-Stellen, welches in mir die gerechteste Befürchtung erweckte, es möchte was Großes bevorstehn, wobei der Mondmann wieder mithelfen müsse. Und wenn wir, was leicht vorauszusehen war, an die höchst notwendige Verproviantierung mit Käsen dachten und an die Ereignisse, die zweifellos auch diesmal mit dem Reisen des Vollmonds eintreten würden, so war Grund genug auf Seite der Mondfrau, den Hausherrn bei guter Laune zu erhalten. – »Wie hast Du geschlafen, Papa?« – »Papa, willst Du nicht was essen?« – »Willst Du noch ein Kopfkissen, Papa?« – Mit solchen oder ähnlichen Fragen suchte sie ihn zu kirren, während er über solch plumpe Manöver nicht nur weit erhaben war, sondern ihr nicht einmal Gelegenheit gab, zu merken, daß er sie durchschaue. Einmal verbrannte sie sich aber doch bei solcher Gelegenheit bös die Finger. Der Mondmann saß eines Nachmittags mit aufgestützten Ellbogen am Tischende, schweigend vor sich hinblickend und, wie gewöhnlich, eifrig mit seinen Gedanken beschäftigt. – »Über was denkst Du nach, Papa?« frug die Alte. – »Ich hab' da eine neue Idee.« – »Was ist denn das?« – »Ich glaub, daß die runden gelben Käse, die die Holländer bauen, das Ähnlichkeits-Produkt unseres großen, gelben Mondhauses sind, wenn es, auf der Rückseite beleuchtet, hinunter scheint. Der Mond zieht sie gleichsam aus der Erde heraus.« – »Himmel, welcher Blödsinn!« sagte die Alte kopfschüttelnd, »Papa, Du wirst noch verrückt!« – »Mondfrau!« schrie der Hausherr, kittgelb vor Zorn, und in seiner ganzen Länge in dem gelb-damastenen Schlafrock sich aufrichtend, – »Mondfrau!« – so redete er sie immer an, wenn er zornig war; sonst sagte er: Mama! – »eine Theorie, auch wenn sie der Wirklichkeit nicht entspricht, hat an sich schon originäre Kraft; was in meinem gelben Kopf arbeitet, merk' Dir, ist nie Unsinn!« – Die Mondfrau fühlte wohl, daß sie diesmal an den Nerv dieses unglücklichen Mannes gerührt, und schwieg. Aber auch von seiner Seite wurde dieser Theorie, wenigstens die fünf Wochen, die ich noch oben war, nicht mehr gedacht.

Der Leser wird vielleicht von der folgenden Bemerkung ebenso erstaunt sein, wie die Mondfrau über die soeben ausgesprochene Idee des Mondmanns; allein es ist meine Pflicht, alles das dem Leser mitzuteilen, was ich hier heroben Bemerkenswertes oder Auffallendes entdecke. Und es gibt Entdeckungen minutiöser und feiner Art, die man nicht alle einzeln aufzählen kann, die sich aber summieren, und schließlich im Kopfe des Beschauers zu einer Ansicht ganz bestimmter Art verdichten. Und diese Ansicht gewinnt zwingende, überzeugende Kraft. Mit einem Wort: Ich glaube, daß die Mondfrau kein dem ursprünglichen Mondgeschlecht entstammendes Frauenzimmer war, sondern daß sie zu irgend einem Zeitpunkt von drunten von der Erde, heraufkam. Wann? und wie? das weiß ich nicht. Aber diese Meinung drängte sich mir mit Entschiedenheit auf. Die Art, wie sie die Betten machte, war ganz die Art, wie es am Niederrhein geschieht. Dieses Einschlagen der Plümeaus, wodurch es schmäler und höher wird, die Placierung des zweiten Kopfkissens in die Mitte des Bettes, damit, wenn die Convert-Decke darauf kommt, es eine schöne, gleichmäßige Fläche bildet, die Art des Drauf-Patschens, die Behandlung des Leintuchs, kurz, eine Menge solcher Kleinigkeiten wiesen auf eine ganz bestimmte Zone von Volksbräuchen zwischen Maas und Niederrhein hin. Es ist klar, daß der Charakter der Bettstücke hier gar keine Beweiskraft hatte für die Herkunft der Mondfrau. Denn der Alte schleppte eben an Bettzeug zusammen, was und wo er es kriegen konnte. Aber die Art, wie sie, die Mondfrau, dieses Kunterbunt von gestohlenem Bettzeug behandelte, glättete, bauschte, streckte und patschte, war eine ihr eigentümliche, anerzogene und zuletzt in Fleisch und Blut übergegangene Manier. Und woher sollte sie sie denn haben? Ohne auf das dumme Religions-Gewäsch einzugehen, welches die Mondfrau vor vierzehn Tagen ihren Kindern vortrug, – es war eben ein eigens zu dem Zweck der Kinderbelehrung, wie mir schien, vom Mondmann zusammengestoppeltes System, welches die Mondfrau falsch verstanden oder falsch vorgetragen hatte, – darf man doch, rein nach der Beobachtung, fragen, wo die Leute herkamen! – »Nun, wo kam denn der Mondmann her?« – Das weiß ich nicht! – »Nun, wo kam die Mondfrau her?« – Aus der Gegend zwischen Krefeld und Xanten! – Dieses Jucken mit der Haarnadel, wenn es sie am Kopfe kratzte, diese Art den Scheitel zu machen, wie sie das Halstuch legte, wie sie sich mit den Fingern schneuzte, und, – das Wichtigste zuletzt, – das eigentümliche Platt, welches sie in ihren Dialekt mischte, wiesen geographisch und ethnologisch auf einen bestimmten Bezirk in der Nähe der holländisch-deutschen Grenze hin; und da die Mondfrau seit absehbarer Zeit durch ihre Korpulenz nicht in der Lage war, weder den Mond zu verlassen, noch zu ihm heraufzusteigen, so blieb keine andere Annahme übrig, als daß sie als junges Mädchen, vermutlich auf Veranlassung des Mondmannes, die Erde verließ und heraufkam. Wie? – ob durch Gewalt, mit Überredung, aus Neugier, – das läßt sich nicht sagen. – Möge der Leser nicht mir es in die Schuhe schieben, wenn es nicht gelingt, alle die Schwierigkeiten, die sich bei Beurteilung dieser absonderlichen Verhältnisse ergeben, zu beseitigen. Soll ich wissen, woher der Mondmann kommt?! – Soll ich die Genealogie des ursprünglichen Mond-Geschlechts angeben, von dem ich nur so viel sagte, daß ich die Mondfrau davon ausgeschlossen wissen möchte. – Soll ich die ganze Mond-Komödie da droben lösen? Und auf alle die Fragen Antwort geben, die ein Astronom, Physiker, Aeronaut, Anthropologe oder sonst wer an mich richten könnte?! Während ich knapp so viel Medizin auf meinen bisher durchwanderten Hochschulen aufgeschnappt habe, um eine hörbare Meinung darüber abzugeben, wieso die Leute da droben ohne Wasser auskamen! – Was sich übrigens über den Mondmann sagen läßt, ist Folgendes: Auch er sprach Dialekt; aber, man hörte, mehr wie etwas Fremdartiges, und aus Notwendigkeit, um sich mit seiner Frau zu verständigen, wiewohl durch lange Übung sehr geschult; das Rein-Holländische gelang ihm noch etwas besser. In seinen Äußerungen, in seinem Benehmen, in seinen Handlungen verriet er keinen Typus, keine Nation, keine Arbeiter-Klasse. Was er tat, seine Verrichtungen für das Mondhaus, seine Leistungen für die Familie, tat und verrichtete er gezwungen, mißmutig, und schien dieselben nur als Nebenbeschäftigung in seinem Leben zu betrachten. Was die Hauptsache war, wußte man nicht. Sein Mißmut schien übrigens nicht, oder nicht vorwiegend, aus der Schwere seiner irdischen Arbeit zu entspringen. Vielmehr sprach Alles dafür, daß es innere und tiefere Konflikte waren, die ihn niederdrückten. Er war nicht schweigsam, weil er müde war, sondern er war verschlossen, weil er seine Gedanken niemandem mitteilen wollte. Sein Geisteszustand war überhaupt höchst verdächtig. –

Nun drängten aber die Ereignisse der letzten Woche unaufhaltsam vorwärts, und auf ein leicht vorauszusehendes Ende hin. Die Außenseite des Mondhauses hatte inzwischen einen geradezu bedrohlichen Charakter angenommen. Mitten in der Nacht entdeckte ich einmal eine plötzlich auftretende Helle durch das Fenster, sehr verschieden von dem ruhigen, strahlenden Lichte des »großen Käses«, der noch einige Male in der Nacht hoch über unseren Häuptern hinwegzog. Ich öffnete einmal das Fenster und sah nach, und fand, daß auch die ganze nördliche Dachseite in ihrem Teer-Überzug von der Glut ergriffen war, während von der Südseite her eine hell-leuchtende, glostende Fläche mit ihrem Funken-Meer herüberzitterte. Wir mochten jetzt am Ende der vierten Woche sein; – das Zählen der Tage mittelst Strohhalmen hatte ich in der Dunkelheit aufgeben müssen. Eine ziemlich hohe Temperatur bildete sich im Zimmer. Das Fenster blieb bald Tag und Nacht offen. Gesprochen wurde jetzt fast gar nichts mehr. Mondmann und Mondfrau gingen schweigend aneinander vorüber, aber offenbar mit Vorbereitungen beschäftigt, deren Einzelheiten ich von unter dem Bett aus nicht verfolgen konnte; die Kinder blieben ganz im Bett. Zu essen hatte es während der letzten drei Tage nichts mehr gegeben. – Es war am vorletzten Tag gegen Mittag, als einige Funken durchs Fenster hereingeweht wurden, und das Bettzeug des zunächst liegenden Kindes etwas in Brand setzte. Das Mädchen stürzte sofort aus dem Bett, und zu ihrem Papa hin, und rief: »Papa, der Mond brennt!« – Und im gleichen Augenblick stürzten sich alle übrigen neunundzwanzig Kinder im Hemd aus dem Bett, liefen an den

Tisch zu ihrem Papa, und riefen: »Papa, der Mond brennt!« – Es war aber garnicht so gefährlich. Die Mondfrau hatte mit einem einzigen Klaps den kleinen Brand gelöscht. Es war das einzigemal, daß ich in diesem Augenblick den Mondmann ein heiteres Gesicht machen sah; das passierte also augenscheinlich am Schluß jedes Monats. Denn wer wollte noch zweifeln, daß, nachdem die Käs-Vorräte aufgezehrt waren, und der Mond schon halb in Flammen stand, wir zeitlich in die Nähe jener Epoche gekommen waren, deren Anfang ich damals auf dem Felde bei D'decke Bosh, als ich plötzlich auf dem Mond sich etwas bewegen sah, beobachten konnte. Es ist mir nicht mehr alles erinnerlich, was sich jetzt in dem knappen Zeitraum von vielleicht sechs Stunden zusammendrängte. Ich weiß nur, daß die Mondfrau unten im Keller augenscheinlich an der Maschine beschäftigt war, daß die Kinder wie besessen herumliefen und fürchterlich schrien, sodaß sie sogar das laute Prasseln des jetzt lichterloh brennenden Monddaches übertäubten, was mir nur ein neuer Beweis ihrer niederen geistigen Anlage war, nachdem sie doch diese Szene schon öfters erlebt haben mußten, – und daß der Mondmann plötzlich mit einer langen eisernen Schürstange bewaffnet, und in einem ganz eng anliegenden, gelben, lederartigen Kostüm, aus der Kellertür hervorkam. Dieses gelbe, mir wohlbekannte Kostüm brachte mir wieder die ganze Szene auf dem Feld zwischen Leyden und D'decke Bosh an jenem Samstag in Erinnerung. Ich wußte jetzt gewiß, daß hinabgestiegen wird. Ich wußte, daß ein Teil dieses brennenden Stoffs mithinunter geht. Und für mich gab es jetzt nur den einen Befehl: Um jeden Preis mit hinuntersteigen! – Dies schien mir durchaus nicht schwer. In dem allgemeinen Wirrwarr, der jetzt entstand, – herinnen komplette Dunkelheit, draußen glühende Feuer-Garben, dazwischen Reflex-Lichter, Schlag-Schatten und Blendungen, Jedes mit sich selbst beschäftigt, – die Mondfrau vermutlich unten im Keller vollständig unabkömmlich, – die Kinder unzurechnungsfähig, – der Mondmann ganz Auge und Aufmerksamkeit für eine glückliche Abreise mit seinem Feuer-Ballast, – unter solchen Umständen war es doch ein Leichtes unter einem Bett, welches dicht neben dem Ausgang stand, hervorzukriechen und eine Leiter zu besteigen, deren Einzelheiten mir nur zu gut im Gedächtnis waren. Ich machte mich also parat, das heißt, ich that das Einzige, was ich in diesem Fall tun konnte: ich zog meine Stiefel an, und beobachtete mit gespannter Aufmerksamkeit

alles, was sich jetzt in Szene setzte. Der Mondmann war mit seinem
Schürhaken zum Fenster hinausgestiegen und löste dort durch
scheuernde und schabende Bewegungen die Teer-Papp-Rinden von
der Mondoberfläche ab; dabei drängte er die obere Hälfte des Über-
zuges nach oben, gegen den Pol hin, die untere nach abwärts; wobei
er also die Kruste, die den Mond umschloß, in ihrer Mitte, in einer
Äquator-Linie durchschnitt. Diese absonderliche Arbeit, die ich
mehr ahnte als beobachtete, setzte er kurz darauf dicht in meiner
Nähe, vor der Ausgangstür fort, um sie schließlich unten von der
Keller-Luke aus zu vollenden. Wie ein gelber Schlotfeger arbeitete
und hantierte der erhitzte Mensch, dem seine außerordentliche
Länge, wie ich glaube, bei dieser Gelegenheit sehr zu statten kam. -
Ein seit einer halben Stunde schon währendes Schnurren und Rollen machte mich in meiner nächsten Nähe aufmerksam; ich erkannte bald, um was es sich handle: dicht unter dem Fußboden bei der
Ausgangstür lief die Strickleiter durch und hinunter in's Freie. Der
Mondmann, - überlegte ich, - mußte also bei vollständig hinabge-
lassener Leiter hinuntersteigen, und die ganze Tret-Arbeit sowohl
hinauf wie hinunter durchkosten, statt ihn mitsamt der Leiter hin-
unterzuseilen. Freilich hätte dann ein einziger Fehlgriff von Seite
der die Maschine überwachenden Mondfrau die Leiter in's Rollen
gebracht, und dann den unglücklichen Steiger auf dem »großen
Käs« zerschmettert.

Ich bedauere, daß ich dem Leser hier nicht etwas mehr Feuerwerk
vorführen kann, was vielleicht nach seinem Geschmack wäre. Aber
ich muß mich streng an meine Wahrnehmungen halten. Und ich sah
leider kein Feuerwerk, weil ich unter meinem Bett oder wenigstens
in der Mondstube zurückblieb. Ja, liebe Leser, es ist dies eine traurige Episode, die ich hier vorführen muß; traurig, nicht allein hinsichtlich der Knappheit meiner Geschichte, sondern auch in Bezug
auf die Vorgänge an der Leydener Universität, und deren Konsequenzen. Denn wie ich später erfuhr, war es nach vierwöchiger
Abwesenheit meiner Person, und zu Beginn des Neumond, daß
man im Senat der medizinischen Fakultät zu Leyden Recherchen
anzuheben begann, deren für mich folgenschweres Resultat der
Leser am Schlusse dieser Erzählung vermutlich erfahren wird. -
Durch mein Verbleiben unter dem Bett war es mir also nicht möglich, das Abheben der glühenden Mondhauben, ich meine der bei-

den Hohldächer, des oberen und des unteren, vielleicht die interessanteste, individuelle Leistung des Mondmannes, zu beobachten, sondern auch das Befestigen dieser, wie mir schien, mit einer centrifugalen Tendenz nach oben behafteten, und jedenfalls rasch in sich selbst zusammensinkenden glühenden Massen an einer eisernen Kette, deren Glieder ich wiederholt draußen an der Eingangstür anschlagen hörte, entging mir vollständig, und nur die Maßnahmen von Seiten der Mondfrau im Innern der Stube gegen eine etwaige Feuersgefahr für das jetzt blanke hölzerne Monddach können mich und den Leser in Etwas dafür entschädigen, was wir draußen bei rechtzeitiger Besteigung der Leiter hätten beobachten können: nämlich das Hinabschleppen des Vollmonds. – Die Ereignisse im Innern der Mondstube spielten sich aber folgendermaßen ab. Als der Mondmann mit seinem Schürhaken durch die aufregend hin- und herrasenden und Feurioh! schreienden Kinder hindurch sich zur Ausgangsthür begeben hatte, war ich der Meinung, er komme jedenfalls zu einem förmlichen Abschiednehmen retour, und vollende nur draußen, wo, wie der Leser sich erinnern wird, ein förmliches Trittbrett oder Landungs-Vorsprung war, die Abhebungs-Arbeiten. Statt dessen kam auf einmal die Mondfrau schweißtriefend von ihrer Ab-Winde-Arbeit aus der Klapptür herauf, und sie und die Kinder versammelten sich an der Ausgangstür, die nun geöffnet wurde. Jetzt ahnte mir der Stand der Dinge; ich kroch schleunigst hervor und wollte mich zur Leiter begeben. Aber durch diesen kompakten Wall von Kindern mich durcharbeiten, oder jetzt in diesem Moment, und an dieser gefährlichen Stelle, wo durch den kleinsten Ruck ein halb Dutzend Kinder »in die Ewigkeit« stürzen konnten, einen Skandal und eine Entdeckung provozieren, war doch ein wahnsinniger Gedanke. Die Kinder winkten mit der Hand ihrem Papa Adieu! zu und setzten ihr blödsinnigstes Lächeln auf, wie ich von der Seite sehen konnte, und die Mondfrau sagte zu dem schon drunten stehenden, für mich nicht mehr sichtbaren Mondmann: »Vater, zwei Potschamber!« – und als er nicht hörte, schrie sie noch einmal: »Vater! – Zwei Potschamber!« worauf es »Ja, ja« von unten 'rauf schallte; der Himmel war voll Lohe und Funken, ohne daß ich einen glühenden Körper selbst sehen konnte. – So vollzog sich die Abreise des Mondmanns. Und ich mußte knirschend und ohnmächtig in meiner Wut wie ein Hund wieder unter mein Bett hinunterkriechen, wo ich einem epileptischen Anfall näher war als allem anderen, wo aber ein Strom von Tränen mich glücklicherweise von dem stärksten Druck, der auf meiner Seele lastete, befreite. Was jetzt um mich vorging, hatte nicht das geringste Interesse für mich, und konnte mich schon deshalb nicht aus meiner Lethargie aufmuntern, weil wir wieder in fast vollständige Dunkelheit gehüllt waren. Aber um meiner Pflicht als getreuer Erzähler zu genügen, und da ich kein Recht habe, die mehr oder weniger feine Nase des Lesers vielleicht gegen dessen Willen zu schonen, will ich hier mitteilen, was ich von unter meinem Bett aus sah. Sobald die Außentür wieder geschlossen war, und Mutter und Kinder stillschweigend in das Innere der Stube sich zurückgezogen hatten, wurde der lange Tisch von den ältesten Mädchen ans Fenster gerückt, die Mondfrau stieg mit Hilfe derselben hinauf, und während nun die jüngeren Kinder einen Nachtopf nach dem andern, gefüllt mit Pipi, aus dem Mondkeller heraufschleppten, ihn den älteren gaben, die ihn der Mutter hinaufreichten, schüttete diese, halb am Fenster-Gesimse stehend, den Inhalt mit einem kräftigen Ruck über das Monddach, von wo er in langen Strähnen und unter zischender Berührung mit zurückgebliebenen Brandmassen herabrieselte. – Wo diese Pipi-Massen im Keller aufgespeichert waren, weiß ich nicht; ob diese Vorsichtsmaßregel einer Anordnung des Mondmann entsprach, kann ich auch nicht sagen. Aber es stank fürchterlich, und als die Mondfrau herabstieg, lachte sie, und patschte ihren Mädchen auf die Backen.

Ich möchte hier dem Leser einen Vorschlag machen; die Ereignisse der letzten paar Stunden sind vielleicht zu rasch aufeinander gefolgt, und er hat das Bedürfnis auszuschnaufen. Dem Verfasser geht es ebenso. Der Mondmann ist fort, und wird einige Zeit fortbleiben. Bevor er zurückkommt, ist es zwecklos den Faden der Erzählung wieder aufzunehmen; denn wie die Mondfrau mit ihren dreißig Kindern und dem Verfasser da droben in der Dunkelheit hungert, kann unmöglich besonderes Interesse erregen. Ich möchte also dem Leser den Vorschlag machen, die hier durch den Gang der Ereignisse notwendig eingetretene Pause in passender Weise auszufüllen. Ich möchte ihn bitten, dies durch ein kritisches Intermezzo geschehen zu lassen, welches sich darüber verbreitet, ob es möglich wäre, alles, was wir bisher erlebten, von der Begegnung auf dem Felde bei D'decke Bosh an bis zum Abhub der brennenden Monddächer vor wenigen Stunden, was alles mit den Gesetzen der Erfahrung und der Wissenschaft im Widerspruch steht, auf einer natürlichen Basis aufzubauen. Der Leser weiß, mit welcher Ängstlichkeit ich bisher auf seine Bedürfnisse und die des gesunden Menschen-Verstandes Rücksicht genommen habe, wie ich an Adjektivis nichts gespart habe, um für jeden einzelnen Fall in Ton, Farbe, Größe, Geräusch, Schnelligkeit u.s.w. stets einen analogen Eindruck dessen beim Leser hervorzurufen, was ich selber empfand. – Gibt es denn kein Mittel, um aus dem Dilemma, daß die »Mondgeschichte« entweder ein Wunder, oder der Verfasser ein Lügner sei, herauszukommen? – Ich bitte den Leser um seine gespannteste Aufmerksamkeit: Es ist bekannt, wie herumreisende Zigeuner, welche durch kleine Vorstellungen im Saltibankieren oder durch Wahrsagekunst ihr Leben fristen, bei der Wahl ihrer nächtlichen Lagerplätze stets die Neigung haben, möglichst entfernt, oder wenigstens in sicherer Entfernung von menschlichen Niederlassungen Halt zu machen. – Warum? – Vielleicht aus einer bei diesen verwahrlosten Stämmen eigentümlichen Delikatesse, nicht mit Menschen in Berührung zu kommen, die sie, trotz deren höherer, Kultur, innerlich verachten. Aber wohl mehr noch aus Vorsicht vor Diebstahl, Überfall, Brandlegung, Männer-Neugier u.s.w. Aus Mitteilungen über die Sitten in der Tropen-Welt, aus den Schilderungen von Robinson Crusoe wissen wir, daß Reisende, die in unbewohnter Gegend von der Nacht überrascht werden, auf Bäume steigen, um dort vor Tieren wie Menschen sicher zu sein; freilich sind sie es nicht vor Schlangen, giftigen Spinnen u. dergl. – Auch vierfüßige Tiere geben sich auf hohen Bäumen der Ruhe und dem Schlaf hin, um wenigstens vor jenen ihrer Feinde geschützt zu sein, die keine so gewandten Kletterer wie sie selbst sind. Der Zug in die Höhe, wenn es sich um Sicherheit handelt, ist also ein Mensch wie Tier innewohnender Instinkt, welcher sich durch die Erfahrung als berechtigt herausgestellt hat. – Weshalb setzen wir ein Taubenhaus auf eine himmelhohe Stange? – Um die jeder Verteidigung fast unfähigen Insassen vor dem Marder zu schützen. Er kommt aber doch hinein. – Was wäre denn das Ideal eines Taubenhauses? – Wenn die Stange in Wegfall käme! – Ja, dann fiel aber das Taubenhaus hinunter! – Gut, aber das Ideal eines Taubenhauses wäre doch, eines ohne Stange. – Ja, dann müßte es aber schwebend erhalten werden! – Gut, aber das Ideal eines Taubenhauses wäre doch – ein Kasten, der schwebend erhalten wird, und in dem Tauben wohnen. – Nun denke man sich einen höchst verschlagenen, rührigen, überall gleich seinen Vorteil erspähenden Zigeuner, der vielleicht durch Kränklichkeit zu fortwährender Gedanken-Arbeit verurteilt ist, mit den abgekauten Nägeln am Mund fortwährend lauert und simuliert, daneben mit jenem genialen Naturblick begabt ist, wie ihn im Freien lebende Volksstämme aufweisen, der auf seinen vielfachen Hin- und Herzügen oft bestohlen worden ist, selbst aber fleißig stiehlt, dessen blaue Holzwägen oft angezündet wurden, der aber selbst schon fleißig Bauernscheunen angesteckt, um das davonfliehende Federvieh sich anzueignen, der also durch diese Beschäftigung und Unbilden die meiste Erfahrung besitzt, wie man sich gegen Brand und Diebstahl am besten schützt, – sollte der, auf diese Weise mit großer Überlegung und Erfindungsgabe ausgerüstet, nicht auf die Idee kommen, sich ein einfaches, leicht konstruiertes, aber wohnliches und gegen Wind und Regen schützbares, vor Diebstahl und Brandlegung sicher gestelltes Wohnhaus in gemessener Entfernung vom Erdboden zu bauen, das er verlassen kann, wann er will, in das aber kein Fremder hineinsteigen kann, wenn er, der Mondmann, – ich wollte sagen, der Zigeuner, – nicht will? Dasselbe müßte mindestens soweit entfernt sein, daß, sagen wir, ein Büchsenschuß es nicht erreichen kann; damit fällt natürlich die Stange, die es tragen könnte, die Unterlage, von selbst weg; wenn möglich, sollte es aber auch mit dem bloßen Aug' nicht gesehen werden können; damit die betreffende Gegend nicht aufmerksam würde und all ihr Hab und Gut versteckt. Auf der anderen Seite aber dürfte es auch nicht zu entfernt vom Erdboden sein, um die Steige-Arbeit und die Verproviantierung nicht zu mühevoll zu machen. – Was aber die Verproviantierung anlangt, was wäre wohl diejenige Nahrung, die der Zigeuner sich aussuchen würde, und die die eine Bedingung erfüllen müßte, daß sie konsistent und eine Ergänzung des Vorrats so selten wie möglich nötig machte? – Gestohlene Hühner? – Gewiß nicht! Denn abgesehen davon, daß sie tot, also geschlachtet, sich nur wenige Tage hielten, – lebend aber leicht wegfliegen könnten, – dürfte doch so hoch oben nicht gebraten werden und zwar wegen der Feuersgefahr; die ganze Bude könnte ihm ja eines Tages wegbrennen, und der arme Kerl, der seine Steige-Vorrichtung nicht schnell genug losbringt, stürzte zerschmettert auf die Erde. – Kondensierte Kindermilch? – Noch weniger! – Denn zu deren Zubereitung gehörte ja

Wasser, und Wasser dahinauf zu schleppen würde der überlegende Zigeuner wohl bleiben lassen. – Aber was meint der verehrte Leser zu: Käse? – Käse wäre wohl ein intensives, zusammengedrängtes, eine Neu-Verproviantierung selten nötig machendes Nahrungsmittel, welches dem Mais der Italiener und dem Reis der Chinesen keck die Waage halten könnte. – Selbstredend: Gestohlene Käse. – Ich will den Leser nicht durch weitere überflüssige Fragen ermüden, oder ihm Gelegenheit zu unüberlegten Antworten geben, – aber, wenn die Bedachung dieser in Holz ausgeführten Wohnung in Frage käme, mit der Forderung, daß es ein möglichst leichtes Material sein müsste, – nicht wahr, Teerpappe wäre der geeignete Stoff? Und die Bedachung müßte ganz herum gehen, weil bei der außergewöhnlichen Höhe Wolken und Niederschläge und Entladungen auch unterhalb der hölzernen Wohnung vor sich gehen könnten? Und nicht wahr, bei lang andauerndem Auffallen der Sonnenstrahlen könnte die Bedachung in Brand geraten, und müßte dann schleunigst durch eine neue ersetzt werden? – Welche Gestalt aber würde das Haus annehmen? – Gothisch oder Byzantinisch? – Zunächst doch wohl rund, um dem Wind so wenig wie möglich Gelegenheit zu geben, sich zu fangen, und das Haus herumzudrehen. – So eingerichtet aber und im Innern mit einigen Bequemlichkeiten versehen, wäre es dann nicht eine vollkommen sichere Zufluchtsstätte für einen geschickten Dieb, – unerreichbar für alle Nachstellungen, Polizisten, Bauern, Grenz-Plackereien, Rekruten-Aushebungen, Steuer-Einnehmer, Feuer-Beschau, Kriegs-Tumult, Überschwemmung? – Der Zigeuner, wenn er Hunger hätte, stiege über irgend ein friedliches holländisches oder deutsches Dorf hinunter, macht seine Saltibank-Kunststücke, die er in seiner Jugend erlernt, nähme mit, was zu erhaschen wäre und kehrte mittelst seiner sorgfältig hinter einem Busch versteckten Leiter in seine Wohnung zurück. – Später vielleicht käme er auf die Entdeckung, daß man Nachts stehlen könne ohne Saltibank-Kunststücke zu machen; er stiege nur noch Nachts herunter und würde sich nicht mehr produzieren. – Noch später käme er auf die Idee, das in ihm repräsentierte höchst erfindungsreiche Diebs-Geschlecht fortzupflanzen. Und er ginge eines Tags auf einen Jahrmarkt, wo seine früheren Kunst-Kollegen sich produzieren, und würbe um die Gunst einer leichten, sein luftiges Wohnhaus nicht zu schwer belastenden Zirkus-Reiterin, die er auf seinen Schultern hinauftrüge. – Und er zeugte Kinder mit ihr und ernährte seine Familie durch Fleiß, Ausdauer und Geschicklichkeit im Stehlen; und schaffte Mobiliar und Bettzeug hinauf. Aber zuletzt würde er alt und gebrechlich, und sie dick und zornig, und die Kinder, die nie eine Schule besucht, und nie Menschen, und die Erde nur aus höchster Entfernung, gesehen, wären verdummt und Idioten geworden. – Und da kein Knabe da, der das Gewerbe des Vaters übernähme, so zögen die Sorgen ein in dies ursprünglich so genial erdachte Haus!

Während ich so unter meinen Bett überlegte und simulierte, entstand plötzlich eine heftige Schwankung am Mondhaus, der mehrere größere Oszillationen folgten; da ein eigentlicher Stoß nicht hörbar, so war das Karambolieren mit einem Himmelskörper, woran ich zuerst gedacht hatte, unwahrscheinlich. Aber wie aus einem Mund sagten gleich darauf die dreißig Kinder, die inzwischen unter der Aufsicht der Mondfrau wieder ihre Spinn-Arbeit vorgenommen hatten: »Jetzt ist er drunten am großen Käs!« – Und die Mondfrau setzte nach einiger Zeit mit einem Seufzer hinzu: »Ja, jetzt ist er drunten!« im Tone, wie etwa eine Mutter zu den sich nach dem Papa erkundigenden Kindern trübselig sagt: Ja, der Vater ist im Krieg! – oder: Der Vater, der liegt vor Belgrad! – In Wahrheit aber setzte die Mondfrau ganz trocken hinzu: »Der hat wieder schön lang gebraucht!« – so daß ich mich über die sentimentale Stimmung der Alten doch getäuscht hatte. – »Nicht wahr auf Amerika-Land?« – frug dann noch ergänzend eines der älteren Kinder. Diese Frage frappierte mich über die Maßen.

Ich will den Leser nicht mit all den Kombinationen belästigen, die ein scharfsinnigerer Erzähler als der Verfasser, – sagen wir: Edgar Poe, – aus dem einzigen Wort »Amerika-Land« in dem Mund des einen Kindes zu ziehen sich berechtigt hielte, und damit wieder um zehn unnütze Seiten das Ende der Erzählung hinausschieben; – aber der Leser wird zugestehen, daß das Wort zu denken gibt; weniger in der Richtung der Annahme, daß ein kleiner Ansatz zur Schulbildung bei den Mondkindern doch vorliege; das Wort »Amerika-Land« konnte ja rein mechanisch nachgeschwatzt sein; sondern der Schwerpunkt liegt darin, daß das ominöse Wort von einem der beiden Eltern auf dem Mond faktisch ausgesprochen worden sein muß; denn daß die Kinder die Mondstube nie verlassen hatten, darüber konnte kein Zweifel sein; daß aber ein so distinkter Laut-

Begriff und Begriffs-Wert wie »Amerika-Land« zu gleicher Zeit und unabhängig voneinander auf zwei Weltkörpern, die ohne Verbindung sind, entstehen könne, das macht mir niemand weis. – Also muß das im Mond-Haus von einem der beiden Eltern ausgesprochene Wort von der Erde stammen; also muß eines der beiden Eltern auf der Erde, und dort in der Schule gewesen sein; und da ich schon ungefähr fünfzehn Seiten vorher die Mondfrau ausdrücklich, und unter Anführung unwiderleglicher Beweisgründe, als eine Xantnerin (oder Krefelderin) angesprochen habe, so bleibt bezüglich des Mondmannes nur die eine Frage: Ist er auch ein Erdenkind, ein Holländer und dergleichen, oder gehört er einem spezifischen Mondgeschlecht, einer erhabenen Götterverbindung, einer transcendentalen Himmels-Familie, mit einem Wort, einer Wesens-Reihe sui generis, d.h. einem jeden Vergleich mit uns armen Erdenwürmern ausschließenden Geschlecht an? – Ich sah den vertrackten, gelb-sittenen, gallig verkränkelten Mondmann jetzt wieder deutlich vor meinem Auge, wie er über das frische Saatfeld bei D'decke Bosh hinschlich, mißtrauisch und vorsichtig seine Schaufel hervorziehen, und keuchend und schwitzend, und manchmal fluchend, seine Arbeit verrichten, wie ein alter Bauer, der verspekuliert hat, und auf seine alten Tage noch einmal arbeiten muß. – Wenn das ein Gott ist, – sagte ich mir, – dann ist es ein kranker Gott. –

Der Leser und ich wurden durch den heftigen Stoß am Mondgehäuse in der Weiter-Entwickelung einer Theorie unterbrochen, welche die Erklärung meiner bisherigen Ergebnisse auf natürlichem, wissenschaftlichen Boden beabsichtigte. Ich hatte den Versuch unternommen, einen schlauen und vorsichtigen Zigeuner sich ein rundes Haus in kecklicher Entfernung vom Erdboden konstruieren zu lassen, mittelst einer Leiter dasselbe zugänglich zu machen, dort oben die Frucht seiner Ersparnisse und Diebstähle zu bergen, schließlich sich ein Weib hinaufzuholen und für zahlreiche Nachkommenschaft zu sorgen. Der Leser wird mir vielleicht zum Vorwurf machen, einen Hauptpunkt in dieser ganzen Erörterung unbeachtet gelassen zu haben, nämlich: wieso denn dieses Zigeunerhaus da drohen schwebend erhalten werden soll; und er meint, daß ich die Beantwortung dieser Frage an die Spitze der ganzen Theorie hätte stellen sollen. – Gut, ich gebe zu, daß ohne das Schweben des Zigeunerhauses die ganze Theorie rettungslos zusammenbricht.

Aber ich bitte den Leser zu erwägen, daß das Haus aus dem leichtesten Material gebaut war: ausgetrocknetes Fichtenholz; die Bedachung noch leichter: Teer-Pappen; für die Verproviantierung eine konsistente Form gewählt war; runde, holländische Käse, von denen einer allerdings zwei bis drei Pfund wog, aber die Nahrung für mindestens drei bis vier Tage bildete; daß alles schwere Material wie Wasser, Stein, Eisen vermieden wurde, daß die Leiter, in beträchtlicher Länge, aus dem leichtesten Stoff, Hanf, war; daß die junge Frau, die sich der kühne Architekt hinaufholte, eine leichte Person war: Kunstreiterin; ja, ich hin überzeugt, daß er, als seine Frau im Wochenbett lag, ihr fortwährend vorpredigte: »Leichte Kinder, hörst Du, leichte Kinder!« – Nachdem also alles nach dieser Richtung, und nach diesem einzigen Gesichts-Punkt vorgesehen war – und die faktisch fothane Einrichtung des Mondhauses erlaubt mir doch, die wesentlichen Züge auf mein theoretisches Haus zu übertragen, – was verbietet denn die Annahme, daß der Zigeuner sein Haus nur als Gondel zu einem drüber schwebenden Ballon betrachtete? – »Nein, – welche Versteigung! » wird der Leser ausrufen. – Gut, ich behaupte ja nicht, daß es so war, ich rede nur von der Möglichkeit; – mit anderen Worten: das Haus des Zigeuners wurde durch einen zehn oder zwanzigmal größeren Ballon, der mit irgend einer leichten Gas-Art gefüllt war, in Schwebe erhalten. – »Nein – das wäre das Höchste!« – Das Höchste? – nun freilich, – insofern, als der Ballon höher war, als das Haus; – aber will mir der Leser erlauben, einige Fragen an ihn zu richten: Hat der Leser je vom Mondfenster aus direkt in die Höhe geblickt? – »Nein!« – Ich auch nicht. – Konnte also der Leser überhaupt einen etwa über dem Mondhaus schwebenden Ballon vom Fenster aus sehen? – »Nein!« – Gut. – Noch eine Frage: Um welche Zeit stiegen wir damals am Samstag hinauf? – »Bei Nacht!« – Sieht man bei Nacht einen Ballon? – »Nein!« – Darf demnach aus dem Umstand, daß wir nicht in der Lage waren, einen vielleicht über dem Mondhaus befestigten Ballon zu sehen, darauf geschlossen werden, daß keiner da war? – »Nein!« – Gut! – »Aber wo soll der Mensch das Gas zur Füllung des Ballons herbekommen?« – wird der Leser fragen. – Das weiß ich nicht, obwohl die Anwesenheit von Steinkohlenteer, einer Masse, aus der mehrere leichte Gas-Arten ohne Mühe dargestellt werden können, zu denken gibt. – »Aber da droben in so beträchtlicher Höhe!« – Da droben handelt es sich vielleicht nur um Ersetzung kleiner, durch mangelhafte Dichtigkeit der Ballonwände entstandene Entweichungen von Gas, und die erstmalige Füllung fand auf dem Erdboden statt. – »Von einem Zigeuner?« – Die Zigeuner sind ein alter, grundgescheiter, in eine Menge Geheimnisse eingeweihter Volksstamm; sie reichen höchst wahrscheinlich über die Assyrer und Chinesen zurück, die ihrer bereits erwähnen; auf ihren tausendjährigen Wanderzügen mögen sie eine große Menge von Erfahrungen aufeinandergehäuft, aus den Kulturen der wichtigsten Völker geschöpft haben; wieviel Erfindungen wurden außerdem schon zweimal gemacht; die Chinesen hatten bereits das Schießpulver entdeckt: warum soll den ältesten Zigeunerstämmen unbekannt gewesen sein, durch Benutzung einer leichteren Gasart, als die Luft, und Abschließung derselben in einem dünnwandigen Raum, Körper herzustellen, die sich vom Erdboden in die Luft erheben können?! – »Demnach will der Verfasser glauben machen, daß die Zigeuner vor den Franzosen im Besitz der Luftschiffahrt waren, und daß Niemand davon etwas merkte?« Möge es der Leser nicht für ungut nehmen, wenn ich hier abbreche. – Ich liege unter dem Mondbett und habe Hunger; seit vier Tagen habe ich nichts gegessen; die Mondfrau mit den Kindern vielleicht noch länger; aber letztere brauchen keine Theorien zu ersinnen, um skeptischen Lesern ihr allerdings wunderbares und dabei doch ärmliches Heim begreiflich zu machen; während dies die Pflicht des Verfassers ist; und ich fürchte, schon die letzten Seiten haben in ihrer Beweisführung, in ihren Repliken und Antithesen unter meinem leeren Magen gelitten. Möge übrigens der Leser meinen Standpunkt nicht verkennen; nicht meinetwegen habe ich die, ich gestehe, etwas gewagte Zigeuner-Theorie unternommen, sondern seinetwegen; was konnte mir daran liegen, die Vorgeschichte des Mondes zu erklären, und der Kant-Laplace'schen Theorie über die Entstehung der Himmelskörper die so notwendige Ergänzung zu verschaffen? – Analyse ist meine Stärke so wie so nicht. – Für mich war es die Hauptsache, dieses ärmliche Mondheim, dieses wunderbare Etwas, welches so und so viel Nächte im Monat verhöhnend auf uns Erdbewohner herunterglänzt, entdeckt und beobachtet zu haben. Und dies verdanke ich einer großen Dosis Courage; denn, offen gestanden, wer von den Lesern hätte damals auf dem Felde von D'decke Bosh den Mut gehabt, in die Strickleiter zu greifen und einem unbestimmten Etwas entgegenzusteigen?

Es war unter meinem Bett sehr kalt geworden. Die Entfernung der glühenden Monddächer hatte unser dünnes Holzhaus ziemlich rasch abgekühlt. Zwar war auf die stockfinstere Nacht während der letzten vierzehn Tage vor Weggang des Mondmannes eine kleine Dämmerung gefolgt, welches ich mit dem Wiederherannahen der Sonne auf der Rückseite des Mondes in Zusammenhang brachte, aber dies war nicht genügend, um die Temperatur merklich zu erhöhen. Die Kinder lagen alle wieder in den Betten; vor Hunger und vor Kälte; die Mondfrau, in dicke Shawls eingewickelt, schleppte aus dem Mondkeller Teer-Pappen herauf; beim Heruntergehen nahm sie die von den Kindern fertiggesponnenen Reservestücke für die Strickleiter mit; ein intensiver Uringeruch erfüllte jedesmal beim Öffnen der Kellertür das ganze Mond-Zimmer; offenbar hatte die Alte unten im Keller irgend ein verschließbares Blechreservoir, worin sie die zum Löschen der Monddächer bestimmten Pipi-Mengen sammelte, und hatte, da der Geruch ihre Nase nicht weiter affizierte, den Deckel offen gelassen. – Am liebsten wär' ich jetzt vorgekrochen und hätte mit der Mondfrau ein offenes Wort geredet, welches ihr die Lauterkeit meiner Absichten bewiesen, und den plötzlichen Schreck über mein Erscheinen in Abwesenheit ihres Mannes gemildert hätte, wenn ich nur die kleinste Aussicht gehabt hätte, irgend etwas Eßbares zu finden. Die Leute hatten ja selbst nichts zu essen. Ich konnte doch keines von den, – nebenbei gar nicht fetten, – Kindern anbeißen. Und der Ekel über den Urin-Geruch überwog noch bei weitem mein Hungergefühl. – In diesem Zustand lag ich gewiß noch zwei bis drei Stunden, und ich war eben im Begriff in meiner Verzweiflung den Strohsack der Mondfrau nach irgend etwas Eßbarem zu durchwühlen, als ich plötzlich aus meiner halb erhobenen Stellung mit großer Wucht mit dem Kopf auf den Boden zurückgeworfen wurde; mehrere Potschamber unter den anderen Betten fielen um; die Mondfrau unten im Keller stieß einen verwunderten Ruf aus, in dem etwas wie Beifall lag, und der etwa »Ho!« klang; die Kinder schrieen alle gleichmäßig auf, und einige riefen »der Papa kommt, – der Papa kommt!« – In der Tat, es waren wieder dieselben Oszillationen wie heute Morgen, als der Mondmann die Strickleiter verlassen, nur in umgekehrter Ordnung, indem der erste Stoß das Mondhaus auf der Seite, auf der ich lag, also bei der Eingangstür herunterschleuderte, welcher Bewegung ein ebenso energischer Rückstoß nach aufwärts folgte, und so alternierend weiter, bis die anfängliche Bewegung sich in kleine wellenförmige Oszillationen auflöste. – Ja, der Papa kam allerdings, aber es dauerte gewiß noch an die acht Stunden, bis man das Schlürfen seiner Sohlen auf den Teersprossen hörte, welches harte Geräusch zuerst nach oben drang. Eine Viertelstunde später hörte man ihn auch keuchen, und als er wirklich unterhalb der Eingangstür erschien und den ersten Halt machte, war es nach meiner Schätzung schon wieder Abend geworden, obwohl wir wieder in jener Phase gleichmäßiger Dämmerung lebten, wie sie während der ersten vierzehn Tage meines Mondaufenthaltes herrschte. Inzwischen hatten sich sämtliche Kinder angezogen, die Betten wurden gemacht, Potschamber und Pantoffeln in gleichmäßiger Ordnung unter das Bett plaziert, das Mondfenster wurde geschlossen, damit es beim Öffnen der Haupttüre keinen Zug gebe, die Kellertüre zugemacht, Tisch und Bänke gerade hingestellt, und endlich stellte sich die Alte umgeben von sämtlichen Kindern an die offene Eingangstür in Erwartung des Papa. Es war eine großartige Überraschung und ein großartiger Empfang. Als ich sah, daß ich hinter den Kindern vollständig sicher vor Entdeckung sei, kroch ich unter meinem Bett hervor, und nahm meinen Aussichtspunkt. Bevor ich den Mondmann zu Gesicht bekam, sah ich eine große Menge von Stangen, Paketen, Rollen, Kästen, Töpfen, die sich nach aufwärts bewegten: der Mondmann hatte einen ganzen Tändler-Laden auf seinem Buckel; ein Lastträger im Gebirge konnte nicht stärker bepackt sein; erst geraume Zeit später entdeckte ich über den Köpfen der Kinder hinweg tief drunten das kleine aber heftig gerötete Gesicht des Mondmannes; es glänzte vor Freude und Entzücken, und in einem Moment des Stillhaltens rief er mit schwacher, heiserer Stimme, fortwährend wie ein Asthmatiker von kurzen Atemstößen unterbrochen, herauf: »Mutter, – dies–mal – hab' ich – große – Ernte ge–halten.« »Ja, komm nur herauf, Herzensmännchen!« sagte die Alte, welchem Willkomm ein großes Geschrei und Gejubel der Kinder folgte. – Der Alte glotzte fortwährend herauf, obwohl er sich dabei zweifellos viel schwerer atmete, als wenn er den Kopf nach unten gehalten hätte. Ich glaube, die Tränen traten in seine wasserblauen Augen; er versuchte wiederholt zu reden, indem er wie ein Fisch das große Maul aufsperrte, man hörte aber nichts; endlich ließen die Kinder mit ihrem In-die-Hände-Patschen und Schreien nach, und der Alte kam zum Wort: »Ich – wäre – früher ge–

kommen,« sagte er, »aber es – gab so – viel...« – »Herzensmännchen!« – antwortete die Mondfrau, – »ich hab' Dich nicht so früh erwartet; Du bist schrecklich schnell wieder da gewesen!« – Die Wahrheit war, daß der Mondmann nach meiner Berechnung mindestens drei Stunden länger gebraucht hatte, um heraufzukommen, als das letztemal. – Aber der müde, freudige Steiger war noch immer nicht fertig, er sperrte immer wieder den Mund auf, als wollte er was sagen; und als es endlich Ruhe wurde, rief er mit einem so breiten Ausdruck der Kinnladen, daß man das Entrücken gewahr werden mußte, herauf: »Die Käs–leute ha–ben ihre – Stadt angezündet, und – da gab es – viel zu – holen!« – Die Alte schien dieser Mitteilung keineswegs besonderen Wert beizumessen, denn mit dem Ton freudiger Überraschung rief sie nur hinunter: »So komm nur endlich herauf, Goldkäferchen!« – während die »angezündete Stadt« mir viel zu denken gab. – »Mutter!« rief der drunten wieder herauf, indem er die letzten Sprossen zurücklegte, wobei Kinder und Alte vom Eingang zurückdrängten, was für mich das Zeichen war, mich wieder zu verbergen. »Mutter! nimm nur zuerst die großen Dinge ab, sonst komm' ich nicht hinein! – Nun griff die Alte zu und zog, wie ich von unter dem Bett aus beobachten konnte, ein Durcheinander von allen möglichen Gegenständen in die Stube herein; unter anderem bemerkte ich einen langen Besen, eine kurze Holzleiter, eine alte Steinschloß-Flinte, einen großen Anstreich-Pinsel, einen Kürassier-Säbel; nachdem dies abgeladen war, kroch endlich der Mondmann mit einem enormen Sack herein und ließ ihn dröhnend in die Mondstube fallen. – Das Gesicht des Alten, obwohl es die Spuren der fürchterlichen Anstrengung nur zu deutlich zeigte, war noch immer helles Entzücken; fortwährend blinzelte er die Alte an, deren Miene ebenfalls freudige Überraschung kundgab. – »Tausend-Sassa!« sagte sie, »wo hast Du nur all die Sachen her?« – Ich kann die Kosenamen nicht alle wiedergeben, da die Alte viel »Platt« in ihren Dialekt mischte, welches mir selbst Schwierigkeit machte. – Nun wurde unter Mithilfe der Kinder der Sack aufgemacht. Der Alte schien diesmal gar nicht müd'; er selbst holte alles heraus und übergab es mit Phrasen und Lobsprüchen den um ihn Herumstehenden. Auch die zwei Potschamber fehlten nicht. Ein gütiges Geschick wollte, daß gleich anfangs ein Käs in der Nähe der Eingangsthür kollerte; der Leser wird begreifen, mit welcher Gier ich danach langte und ihn unter mein Bett beförderte. Unter anderen Stücken kam auch ein großer, weißer Kübel zum Vorschein, der zwei lange weiße Stiele hatte. – »was ist denn das?« frug die Alte, »ist das ein Potschamber?« – »Nein,« antwortete der Mondmann, »das tragen die Käsleute auf dem Kopf!« – Ich schaute noch einmal genau hin; es war ein frischgestärkte holländische Haube. – Die Mondfrau machte ein verdutztes Gesicht; schließlich aber überwog doch die Empfindung, daß es sich hier um eine Art Respekts-Präsent handle, und nach längerem Betrachten legte sie dieselbe sorgfältig auf ihr Bett. – Was noch alles aus dem Sack herauskam: Kleider, Strümpfe, Hausgeräte, einige geschlossene kleine Päck-chen, die offenbar einer Kolonial-Handlung entnommen waren, und, soweit ich nach der Verpackung urteilen konnte, Zichorie oder Schnupftabak enthielten, diverse Töpfe, einige Kappen, ein Schweinsleder-Foliant, – außerdem der gewöhnliche Bedarf auf dem Mondhaus: Eisenklammern, Nägel, Bandeisen, Hanf-Büschel, ein Fäßchen Teer, eine große Anzahl der roten bekannten Käse; – läßt sich nicht alles behalten. Aber große Freude herrschte auf dem Mondhaus. Alles ward sorgfältig im Keller untergebracht; einige Käse wurden heroben behalten und nach kurzer Zeit saß die Fami-lie beim schmatzenden Mahl, während der Alte in seinem uner-müdlichen Fleiß drunten im Keller die Strickleiter heraufwand.

Nun soll der Leser nicht glauben, ich werde ihn mit derselben Behaglichkeit durch diesen zweiten Monat schleppen, mit der die ersten vier Wochen, wie ich glaube, in zu großer Anschaulichkeit vor ihm ausgekramt wurden, – und ich werde ihm nun lang und breit erzählen, wie der Mondmann zuerst sein Dach wieder deckte – wie gesponnen, gehämmert, Käs gegessen, Betten geklopft und Pipi gemacht wurde, – wie es allmählich wärmer wurde, – und wie draußen in dem ruckweise Sich-Entzünden und Glühendwerden des Daches ein Stück von dem Mond nach dem andern zu glosten anfing, und damit beleuchtet wurde, – wie der große Käs erschien u.s.w. Freilich wäre manches Neue aus diesem zweiten Monat zu erwähnen; wie das Verhältnis zwischen Mondmann und -Frau ein ganz anderes und viel besseres war: – wie sie immer zu ihm »mein Goldmännchen« oder das bewundernde »Tausendsassa« sagte, während er sie meist »Mutter« oder »Mutterchen« anredete; wie die Alte den für den Mondmann fatalen Religionsunterricht teils ganz mied, oder jede Gelegenheit benutzte, um den Kindern den Papa als eine Respekts-Person, der man die höchste Verehrung entgegenbringen müsse, hinzustellen; – wie die geistige Verfassung des Alten damit eine ruhigere und behaglichere wurde, – seine Auffassung und Beurteilung der Verhältnisse um ihn eine viel freiere, – wie er sich und seine Familie weit weniger in der Richtung von Himmel, Weltkörper, Sonne und dergleichen in ein Verhältnis zu bringen suchte, als vielmehr in der Richtung vom »großen Käs«, mit dem er sich, man sah, in einer gewissen Art ausgesöhnt hatte; – was für Freude ihm der große Foliant machte, und wie er darin las, und ihn dann mit dem verglich, den die Mondfrau damals beim Religionsunterricht vor sich gehabt; – wie er gesprächiger wurde und seine Kinder streichelte; – wie er seine Ideen, – die allerdings barock genug waren, – jetzt wenigstens mitteilte, sodaß man ein Urteil bekommen konnte, was in ihm vorging, und was der Gegenstand seiner ewigen schwarz-blutigen Unzufriedenheit war; – und schließlich, ob diese plötzliche Wandlung dem Heraufschleppen besseren und reichlicheren Futters, oder der neuen Haube für die Mondfrau, oder dem Folianten zuzuschreiben war; – kurz, es könnte manches zu Gunsten der Verlängerung der »Mondgeschichte«, und auf Kosten der Bequemlichkeit des Lesers, noch mitgeteilt werden, was während des zweiten Monats dem Interieur des Mondhauses ein verändertes Aussehen gab. Aber eine Episode darf ich dem Leser, bevor ich definitiv von diesem merkwürdigen Heim Abschied nehme, doch nicht vorenthalten:

Es war gegen Ende der ersten Woche, eines Nachmittags; alles saß beisammen am langen Tisch; die Kinder in besseren Kleidern; vielleicht war es Sonntag; (ich hatte jede Kalender-Rechnung bereits aufgegeben) – als die Mondfrau ihre frühere Frage, die ihr, wie es schien, recht geläufig war, wiederholte: »Papa, was gibt's denn neues auf dem großen Käs?« – »Ach«, – sagte der Alte, – »das ist ein merkwürdiges Volk; jetzt haben sie ihre große Stadt angezündet!« – »Die Stadt angezündet,« replizierte die Mondfrau, – »ja, warum denn?« – »Ach, ich glaub' um uns zu ärgern« »Uns zu ärgern! – ja, was hat das für einen Sinn?« – »Weil wir heller sind – weil wir mehr Licht von der Butterkugel bekommen!« – »Ja, bekommen denn die Käsleute keines?« – »Es ist ja immer ganz dunkel, wenn ich hinunterkomme; – wir haben doch wenigstens vierzehn Tage Helligkeit!« – »Ja, wissen denn die Käsleute, daß wir heller dran sind?« – »Sie schauen doch herauf!« – »Welches dumme Volk, sich um uns zu bekümmern!« – »Ach, Du hättest dabei sein sollen! Dieses Feuer, das sie machten!« – »Nun, und, – was taten sie noch?« – »Sie gestikulierten und schrieen und hüpften oben von ihren Häusern heraus – und ich stand dabei, und mich sahen sie nicht!« – »Dich sahen sie nicht, warum denn? – Bist Du denn anders als die Käsmenschen?« – »Mondfrau«, sagte der Alte, zwar besänftigend, aber mit einem Ton des Vorwurfs, wie mir schien, über die Zumutung, ihn mit den Käsmenschen zu vergleichen. – »Nun, und was tatest Du?« – »Ich raffte zusammen, was ich kriegen konnte, Hüte, Töpfe, Besen, Pinsel... sie warfen ja alles aus den Häusern heraus, – und freuten sich über die Flammen, – und taten ganz verrückt; – einige bliesen in gelbe Röhren, daß es fürchterlich schallte, – andere holten ein Stück aus dem Fluß nach dem anderen und warfen es in die Flammen, daß es hoch aufqualmte; – es war ein Hauptspektakel!« – »Nicht wahr, Papa« – frugen jetzt einige der älteren Mädchen, – »wir sind schöner als die Käsleute?« – »Oh, viel schöner«, – antwortete der Mondmann mit dem Ausdruck einer starken Überzeugung, – »die Käsleute haben unregelmäßige, verzerrte Gesichter, und verzerren sie noch jeden Augenblick anders!« – »Nicht wahr, wir sind auch gescheiter?« – frugen die Kinder weiter. – » In jedem Fall – gesetzter«, – antwortete der Alte sehr nachdenklich, – »gesetzter und mit regelmäßigeren schöneren Gedanken...« – wurde aber immer nachdenklicher dabei. – »Warum müssen wir denn drunten die Käse holen?« frug ein älteres Kind weiter. – » Weil wir keine heroben haben,« antwortete der Gefragte sehr kurz und fast trocken: sein Gesichtsausdruck veränderte sich aber immer merkwürdiger. Einige andere Kinder stellten noch einige unpassende Fragen, die dem Alten wohl sehr zu Herzen gingen, denn plötzlich sprang er auf, preßte die flachen Hände gegen die Schläfe und rief, indem er wie wahnsinnig im Zimmer auf- und ablief, mit halb erstickter Stimme: »Ach Gott, wir sind ein besseres, höheres, edleres Geschlecht, und müssen hinunter zu den niedrigen Käsleuten, denen das Futter zum Maul hineinwächst, und müssen uns durch ihre Kellerlöcher zwängen, damit wir nicht verhungern!« – Die Mondfrau hatte den Anfall gar nicht herannahen sehen, sondern spielte mit der neuen Haube. – Jetzt sprang sie auf, drohte den Kindern heimlich mit der Faust, jagte sie zu Bett, und machte sich dann um ihren kranken Gemahl zu schaffen. – Den ganzen folgenden Tag trug der Mondmann ein

Tuch um den Kopf, und war wieder so nachdenklich und schweigsam, wie während des ganzen ersten Monats.

Ich löse das Mond-Rätsel nicht, lieber Leser, – und wenn Du es
vermagst, so hast Du jetzt das Gesamt-Material meiner Betrachtungen vor Augen. Ich habe nichts mehr hinzuzufügen. Ob der Mondmann ein himmlisches oder ein irdisches Wesen war, ich weiß es
nicht. Aber die täppischen und kindischen Zwischenfragen der
Mondfrau in dem soeben mitgeteilten Diskurs lassen vermuten, daß
auch sie, obwohl äußerlich frappant irdisch geartet, doch in ihrem
Urteil über den »großen Käs« auf der untersten Stufe stand, sonach
kaum als reifes Frauenzimmer die Erde verlassen hatte, vielleicht
als halberwachsenes Mädchen von drunten geraubt worden war,
und den größten Teil ihres Lebens hier oben zugebracht hatte. Umgekehrt der Mondmann, vielleicht ursprünglich ein siderisches
Geschöpf, war durch seine häufigen Besuche auf dem »großen Käs«
doch zu einiger Kenntnis über die Vorgänge auf der Erde gekommen, welche er freilich von einem höchst beschränkten und sonderbaren Standpunkt aus betrachtete. – Wären es Franzosen gewesen,
mit denen wir es da droben zu tun hatten, so hätte ihr fleißiges
Mundwerk uns vielleicht manches verraten, und unsere Wahr-
scheinlichkeitsschlüsse stünden auf einem sichereren Boden und
wären weniger lückenhaft; so sind es Holländer oder holländisch
geartete Leute, die ihre besten Gedanken für sich behalten, und
deren knappe und trockene Redeweise uns nur zu Vermutungen
kommen läßt, von dem, was sie wissen und was in ihrem Innern
vorgeht. –

Der Leser wird begreifen, daß, sobald nur die ersten Zeichen des
herannahenden Mondwechsels sich kundgaben, ich, mit einem
Viertel-Käs bewaffnet, zur Schlafenszeit mich hinausschlich auf die
Mondlandung, um bei dem ersten Sichtbarwerden der Strickleiter
mich auf dieselbe zu stürzen, und mir so selbst für den Fall des
Entdecktwerdens, durch schleuniges Hinabklettern die Verbindung
mit der Erde zu sichern; denn ich fühlte, daß, wenn ich jetzt nicht
um jeden Preis den Mond verließe, ein Verbleiben darauf vielleicht
auf unabsehbare Zeiten mein Schicksal sein werde. – Und Schwiegersohn auf dem Mond zu werden, war, obwohl ich auf der Erde
nichts zu verlieren hatte, und beim Wiederbetreten derselben mir in
Leyden nur Schlimmes bevorstand, – doch nicht nach meinem Ge-

schmack. – Als ich so da draußen saß, und sah in die weite Welt hinein, – über mir der brennende, pratzelnde Mond, – unter mir eine gähnende Unendlichkeit, – kam mir die Erinnerung an meine Hausfrau mit den langen Zähnen, an das Leydener Studentenleben, an meine Beschäftigung auf der Anatomie, und ich kam mir vor wie jemand, der aus der Vakanz zur Schule zurückkehrt, der zwei Monate auf dem Land bei einfachen, ruhigen Leuten gelebt hat, und in das Gewühl der Stadt zurück muß, und mit Wehmut gedachte ich der possierlich dummen Gesichter der Mondkinder, die ich nun verlassen müsse, und die ich schon zum letztenmal gesehen hatte. – Von draußen konnte ich jetzt vortrefflich beobachten, wie das Feuer auf der schwarzglänzenden Mondrinde weiterfraß. – Ich überlegte die ganze Prozedur zur Abnahme der feurigen Dächer, – die große Feuersgefahr für das leicht gezimmerte Mondhaus selbst, – die Schwierigkeit der Befestigung der lodernden Teermassen an der eisernen Kette, und genügende Entfernthaltung von dem nun schutzlosen Haus, – und kam schließlich zur Überzeugung, daß, wenn ich, wie beabsichtigt, das letztemal hinter dem Mondmann dreingestiegen wäre, ich zweifellos verbrannt wäre, – zum mindesten erstickt; denn bei der Neigung der brennenden Hitze nach oben zu steigen, mußten mich die glühenden Gase, während der Alte hinabstieg, fortwährend in einen Mantel verderbenbringender Atmosphäre hüllen; und wenn dies auch nur eine Viertelstunde währte, während welcher die glostende Masse in sich zusammensank, so war ich verloren, da von einem Zurückbleiben auf der Leiter, hier, am Anfang, noch keine Rede sein konnte. Diese Erkenntnis erfüllte mich voll dankbarer Gesinnung gegen die weiblichen Mitglieder des Mondhauses, die durch ihr Ansammeln an der Eingangstür mir damals das Besteigen der Leiter zur Unmöglichkeit machten. Aber die Angst, nun doch in irgend einer Weise mit dem Feuer in Berührung zu kommen, wenn auch nur durch ein unglücklich abbrechendes Teerstück, veranlaßten mich, sobald die Leiter hinabgerollt war, – und dies geschah kurz darauf und dauerte an die fünf Stunden, – dieselbe sofort zu besteigen, und mich einige dreißig Meter hinunter zu retirieren, wo ich mich so gut wie möglich zwischen den Sprossen zurechtsetzte. – Auf diesem Platz blieb ich eine halbe Nacht, als ich aus dem Geschrei der Kinder und dem Übergreifen der züngelnden Flammen auch auf das nördliche Monddach erkannte, daß die Stunde der Krise herangekommen sei. In der Tat erschien bald der Alte wieder im gelben Lederkostüm mit dem langen Schürhaken und brach von den drei Mondöffnungen aus die Dach-Überzüge ab, riß dann in einem äquatorähnlich angelegten Kreis die obere Dachhälfte von der unteren durch, so daß das Mondhaus heraus schlüpfen konnte und packte schließlich mit der Rechten eine Kette, von der ich bei meinem entfernten Standpunkt nicht sehen konnte, wie sie befestigt war, die aber, wie ich glaube, verzweigt unter beide Hohldächer schon von Haus aus angebracht war, und riß mit einem einzigen Ruck beide flammende Hauben so weit nach seitwärts, daß sie, ihrem Zuge nach oben nachgebend, plötzlich mehrere Meter hoch über dem schwarzen Mondhaus erschienen. Diese Maßregel erschien mir äußerst praktisch; denn es war klar, daß, hätte der Mondmann den brennenden Hohlmond seitwärts oder unterhalb des Hauses nur kurze Zeit gehalten, dieses wie die Strickleiter in höchster Gefahr waren, anzubrennen. In einer gewissen Entfernung über dem Haus aber, wo die Flammen nach oben züngelten, war ein Übergreifen des Feuers ausgeschlossen. – Dies Alles war draußen auf der Mondlandung vom Alten bewerkstelligt worden; und er, wie das Haus, und die an der Ausgangstür neugierigen Gesichter der Mond-Insassen waren im Nu in tiefes Dunkel gehüllt. Aber schon kurz darauf senkten sich die zu einem großen Ballen zusammengeschmolzenen Monddächer infolge ihrer natürlichen Schwere langsam herab, und der Mondmann, der diese wohl noch aufgelockerte, aber nicht mehr brennende Kugel soweit seitwärts wie möglich herabführte, begann unter dem Jubelgeschrei der Kinder seinen Abstieg. – Ich eilte voraus, so schnell ich konnte; nicht so sehr aus Furcht, mit dem Mondmann oder seinem glühenden Vollmond in allzunahe Berührung zu kommen; sondern ein unbestimmtes Etwas trieb mich vorwärts; ich wollte aus diesen abnormen Verhältnissen heraus sein; ich wollte wieder die Erde unter meinen Füßen haben, um all' das Unbegreifliche, was ich gesehen, in meinem Verstand ruhig ordnen, in meinem Gedächtnis übersichtlich plazieren zu können. – Ein anderer hätte sich vielleicht mit Rücksicht auf seinen Magen nach einer gemischten Kost gesehnt, um aus dem Käs-Einerlei herauszukommen; – ich sehnte mich nach irdischer Speise für meine Augen und für meinen Kopf, um aus dem Mond-Einerlei und seinen beschränkten Gesichtspunkten herauszukommen. Ich dachte an mein Bett in Leyden und an meinen Platz im Wirtshaus zu »De Groene Meerfrouw«, wo ich alles während der zwei Monate Vorgefallene reiflich zu überlegen und mit meinen Kommilitonen zu besprechen mir vornahm. – Aber ich kam nicht so schnell vorwärts, als ich beabsichtigte; die dickeren Luftschichten, in die ich hineinstieg, machten meine Adern heftig pulsieren, und bei der ganz veränderten Kraft-Anstrengung ermatteten meine Glieder in dem Maße, daß ich nur Sprosse für Sprosse nehmen konnte und bald den gewonnenen Vorsprung vor meinem Nachmann verlor. – Es war vollständig Nacht um mich. Über mir der Mondmann stieg mit einer Ruhe und Gleichmäßigkeit nach, wie ein Lastträger im Gebirge, der einen Weg zum hundertsten oder tausendsten Mal zurücklegt; die Mondkugel verbreitete nur einen strahlenden Schein, der wirkungslos in die Nacht hineinschoß, ohne zu erhellen; das Mondhaus über uns war vollständig in Finsternis gehüllt; tief unter mir entdeckte ich einen schwachen Lichtkomplex, der zunahm, je mehr wir uns der Erde näherten, und bald war es klar, daß wir in ein Zwielicht hineinstiegen; ob es das einer Morgen- oder Abend-Dämmerung war, ließ sich noch nicht feststellen. – Wenn dieser Mondmann, sagte ich mir, wirklich der Bewohner jenes Himmelkörpers ist, den wir mit Mond bezeichnen, – und daran zu zweifeln wäre nach allem Vorgefallenen ein so großer Fehler, daß der feste Glaube daran geradezu als Tugend erschiene, – dann muß er oder seine Vorgänger auch schon so lange da droben hausen und die Mondgeschäfte verrichten, als der Mond den Erdbewohnern bekannt ist; denn es geht nicht an zu glauben, daß erst der Mond existierte, und dann ein solches imaginäres Haus sich an seine Stelle setzte; ist das der Mondmann, – sagte ich ganz laut zu mir, – der da droben jetzt hinunterschlurft, und holländisch spricht, dann muß er mit seinen Vorfahren seit etwa dreitausend Jahren diese Bude innehaben. d.h. solange als der Mond bekannt ist. – Ich fühlte, ich kam wieder ins Kombinieren hinein, und es werde wie alle vorherigen Male zu nichts führen; aber die Luft war so mild, und das Niedersteigen ging so glatt und regelmäßig vor sich: ich konnte mein Gehirn nicht zwingen, eine andere Gedankenrichtung zu nehmen, und so mag denn die Walze in der Musikdose da droben zum letzten Mal ablaufen: die Assyrer, – fuhr ich fort, – sind das älteste Volk, die des Mondes erwähnen; sie kannten seine Phasen, und waren überhaupt durch ihre gründliche Himmelsschau die Nation, die den Grund zur Astrologie legte; seit ihnen kann sich nichts Wesentliches in den Mondverhältnissen, wie das Beziehen des Mondes, das Hinaufsteigen, das Abheben der Monddächer, das Herunterschleppen des Vollmondes u.s.w. ereignet haben, weil sie es sonst, entweder selbst, oder die nach ihnen kommenden und ihre Studien aufnehmenden Völker, wie die Griechen und Römer, entdeckt haben würden. Also so, wie der Mond heut' ist, so muß er seit drei- bis viertausend Jahren gewesen sein. Dann ist der Mondmann nur der Nachkomme einer seit urdenklichen Zeiten das Mondhaus bewohnenden und die Mondgeschäfte besorgenden Familie, wobei zwar in der Weise eine Ergänzung von der Erde aus stattgefunden haben mag, als eine Schwiegertochter, – so lange der Mannesstamm nicht erloschen war, – oder, in diesem Falle, ein Schwiegersohn hinaufgeholt wurde zur Sicherung der Nachkommenschaft und zur Sicherstellung des Gewerbs, – ähnlich wie das Scharfrichter-Metier oder sonst absonderliche Berufsarten sich durch eine lange Reihe von Jahren in derselben Familie heimisch erhalten. – Nun ist bis auf die Assyrer zurück nie ein Fall beobachtet wurden, wonach ein Herabsteigen oder Besteigen des Mondes vorgekommen oder belauscht worden wäre. Und zufällig trifft es sich, daß dasjenige Volk, welches noch älter ist als die Assyrer, und das uns, wenn es Überlieferungen hätte, sagen könnte, ob es auch schon den Mond am Himmel gesehen hat, die Zigeuner sind. Und zufällig ist es, daß, wie wir auf dem Wege der Vermutung oben schon gefunden haben, dieses das Volk ist, das durch seine natürlichen Bedürfnisse, wie durch seine hochentwickelte Intelligenz, auf die Erbauung einer Sicherheitswohnung in den unzulänglichen Höhen des Himmels sich angewiesen sah. Und ein dreifacher Zufall ist es, daß, während alle die alten Kulturvölker ausgestorben sind, dieses auf die prekärsten Bedingungen zur Erhaltung seines Stammes angewiesene Zigeuner-Volk heut noch lebt, und mit schiefen Augen zum Mond hinaufschaut, als erkennte es da oben ein von ihrer Weisheit mitten in den Himmel hineingeschobenes glänzendes und göttliches Monument. – Summa: Das Mondhaus oder der Mond ist eine vor den Assyrern und vor aller Überlieferung in den Himmel hineingebaute Zigeuner-Wohnung. Fragt sich: Wie bleibt das Mondhaus schwebend? – Die Gastheorie habe ich lang und breit oben schon besprochen. Aber alle Steinkohlen der Erde, glaube ich, würden nicht zu dem Gasquantum ausreichen, um seit bald viertausend Jahren eine Kinderstube mit zweiunddreißig Insassen, mit Proviant, Teerfässern und Käsen in dieser Höhe am Himmel schwebend zu erhalten! –

Aber was konnte eintreten? – Der Zigeuner konnte einmal seinen Ballon zu stark gefüllt haben, und durch die energische Aufwärtsbewegung gelangte das Mondhaus bis in den Bereich der Anziehungskraft der Sonne, und die schließliche ungeheure Höhe der Zigeunerwohnung war das Resultat der einander entgegenwirkenden Anziehungskräfte. Sonne und Erde. Aus dieser Höhe war ein Herabziehen des Mondhauses nicht mehr möglich. Aber bald merkte der Zigeuner, daß nun auch der Ballon überflüssig war. Er kappte also den Ballon über seinem Haus, und nun nahm er seine Strickleiter, die zwanzig oder dreißig mal zu kurz war, um die Erde zu erreichen, und spaltete sie, um nicht zu verhungern, in ebenso viele Teile, und da sie von Haus aus dick und fest war, gelang es; und wie einer, der bei einem Brand sich an einem zerschlitzten Bettuch drei Stock hoch herunterläßt, so ließ sich unser Zigeuner mit der zusammengeknüpften Strickleiter auf die Erde hinab; und unten kaufte er zunächst allen Hanf zusammen, den er kriegen konnte, und baute sich so erst eine sichere Verbindung mit der Erde. – Aber bald merkte er, daß sein Holzdach oben von der Sonne in Brand gerate, und jetzt erst legte er Teerpappen auf, und als diese regelmäßig sich entzündeten, aber ohne dem eigentlichen Dach zu schaden, nahm er sie regelmäßig ab und ersetzte sie durch neue, und die glühenden brachte er als Vollmond hinunter auf die Erde und verband mit diesem Gang gleich den der Verproviantierung; und der alte Zigeuner, der ursprünglich zum Stehlen sich ein Haus in die Luft baute, blieb jetzt droben – aus Gewohnheit. Und pflanzte sein Geschlecht und sein Metier fort. Und wenn er keine Zigeunerin bekam, holte er sich eine Assyrerin mit hinauf. Und sein Enkel vielleicht eine Lydierin. Und im Wechsel der Völker seine Nachkommen eine Griechin oder Römerin. Und noch später eine Gothin. Und allmählich wurde das Interieur des Mondhauses germanisch. Und der Letzte seines Geschlechts holte sich eine Krefelderin oder Xantnerin. –

Es wurde bitter kalt. Und der Leser, der über die soeben gemachten Ausführungen spöttisch lächelt, oder bedenklich den Kopf schüttelt, möge bedenken, daß ich mich zwischen Himmel und Erde befinde, und daß mein Herz, fast zerspringend vor Heimweh und Freude, im Begriff war zur Erde, wie zu einer Mutter, zurückzukehren. Die Kälte brachte mich auch zurück zu meiner Steig-Arbeit. Ein feuchter Dunst lag auf meinen Kleidern und auf meinen Haaren, ein Zeichen, daß wir den Dunstkreisen der Erde immer näher kamen. Wir mochten an die vier Stunden schon gestiegen sein. Es war aber noch immer stockfinster. Trotzdem glaubte ich, daß wir dem Tag näher waren, als der Nacht, denn die dämmrige Ausbreitung unter mir war eher heller geworden. Schwarze, gigantische Figuren mit insektenhaften Beinen sah ich unter mir lautlos sich hin und her bewegen. Ich glaubte, wir passierten jetzt das Reich des Dämonen, welches nach der mittelalterlichen, theologischen Anschauung zwischen Erde und Himmel inzwischen lag; es waren aber die Schattenbilder von Mondmann und mir, die von der glostenden Mondkugel auf die Nebelmassen unter uns geworfen wurden. Bald tauchten wir auch in den Nebel ein und sahen nun gar nichts. Trotzdem wurde es immer lichter und zweifellos war für die Erde die Sonne im Begriff des Aufgehens. Sonach war diesmal der Mondmann um viele Stunden später daran, als vor zwei Monaten, wo er gegen Mitternacht unten landete. Ein eigentümliches Sausen drang von unten herauf; waren es die von der nahenden Sonne bewegten Luftmassen, oder waren es die Wälder, oder die Flüsse, oder das Meer, – kurz, ich fühlte, wir seien in nächster Erdennähe. Ich überlegte genau, welche Gänge ich zuerst machen werde, um meine Verhältnisse in Leyden, besonders der Universität gegenüber, zu ordnen, – als mich plötzlich ein schrecklicher Gedanke überfiel: wir konnten ja ebensogut in Panama oder auf Hawaï herunterkommen, und ich war dann ohne Hilfsmittel unter Fremden oder Wilden, und eine halbe Weltkugel von meiner Heimat entfernt. Ich beschleunigte meine Kletter-Arbeit. Der dicke Nebel gab mir Hoffnung, daß wir uns in einem kalten und feuchten Klima befanden. Nach etwa einer Viertelstunde tauchten wir aus dem Nebel heraus, und – unter mir lag eine stark angereifte Wiese; es fiel mir ein, daß es jetzt Januar sein müsse; von einer Erkennung der Gegend war keine Rede; aber der Tag war entschieden im Anbrechen; nach etwa zehn Minuten kam ich gegen das Ende der Strickleiter. Zu meinem Schrecken sah ich, daß die Leiter nicht ganz zum Boden herabreichte, gleichzeitig aber auch bemerkte ich, daß sie umgeschlagen, und das umgeschlagene Ende weiter oben festgebunden war. An ein Losbinden dieses Stückes war aber für mich nicht zu denken, weil ich schon über die Stelle weg war. Jetzt noch vor Torschluß, mit dem Mondmann in Konflikt geraten, war gar nicht nach meinem

Geschmack. – Ich stieg also zunächst bis zur letzten Sprosse herab, um Umschau zu halten. Und da nur wenige Meter bis zum Erdboden fehlten, so nahm ich zum letztenmal die Courage zusammen, und ließ mich fallen. Ich kam zwar nicht sehr sanft auf dem gefrorenen Boden an, aber doch ohne mich zu verletzen; trotzdem konnte ich nicht gehen, geschweige fortlaufen, wie ich beabsichtigt hatte, denn ich wollte vom Mondmann und seinen Geschäften nichts mehr sehen noch hören. Ich merkte, daß es die Ungewohnheit war, mich auf dem Erdboden fortzubewegen, denn ich machte lauter falsche Bewegungen und stieß überall an. Mit Mühe schleppte ich mich wenigstens von dem Platze weg, wo der Mondmann herunter kommen mußte, und bald war Mondmann, Strickleiter und Mondkugel für mich im Nebel verschwunden. Eine furchtbare Last, fühlte ich, löste sich jetzt von meinem Herzen. Und diese war so groß, daß ich über die Angst, ich könnte in einem fremden Lande sein, laut hinauslachte. Bald konnte ich meine Füße wieder richtiger gebrauchen. Ich ging in der eingeschlagenen Richtung weiter. Und nach wenigen Minuten erkannte ich halb im Nebel und von der etwas durchbrechenden Sonne fantastisch beleuchtet den Kirchturm von D'decke Bosh. Wir waren also, wenn auch nicht ganz genau an derselben Stelle, doch in nächster Nähe davon gelandet, wie vor zwei Monaten. Trotzdem konnte ich mich nicht allsogleich in der winterlichen Gegend orientieren. Und als ein Bauer aus der Richtung von D'decke Bosh herkam, frug ich ihn nach dem Weg nach Leyden. Dieser Bauer muß mir angemerkt haben, daß ich irgend woher kam, woher zu kommen nicht mit rechten Dingen zuging. Er schaute mich lange prüfend an; und endlich, wie den Versuch aufgebend, meine Person zu eruieren, wies er mit der Hand nach rechts, und sagte: »Dort lag Leyden!« – Er betonte das Wort »lag« in besonderer Weise. Ich ging in der angegebenen Richtung, und bald konnte ich mich an einigen Brücken und Gewässern orientieren. Aber welches furchtbare Bild bot sich meinen Augen: Die halbe Stadt war abgebrannt, ein eigentümlicher Geruch lag in allen Straßen; von den größeren Gebäuden standen noch Kirchen, Universität und Magistratsgebäude. Vor dem letzteren, an dem ich vorbeikam, standen Tausende arme, halb-erfrorene Menschen und warteten auf das Austeilen von Brot. Eine furchtbare Leere in der ganzen Stadt; alle Wirtshäuser und die meisten Läden geschlossen. Endlich, nach langem Herumlaufen kam ich in die »lüttje Straat«, und pochenden

Herzens stieg ich die Stiege meiner Wohnung hinauf, und klopfte an die mir wohlbekannte Tür; ein altes, greisenhaftes Weib ohne Haube mit zerzausten Haaren öffnete, und als sie mich sah, fuhr sie mit einem gellenden Schrei zurück und fiel wie leblos zu Boden.

Es war meine Hausfrau. Eine Scheu hielt mich ab, mich teilnehmend um sie zu kümmern. Ich ging auf mein früheres Zimmer zu und drückte auf die Klinke. Mit einem Krach, als wäre sie eingefroren gewesen, ging die Türe auf; gleichzeitig fiel durch die Erschütterung ein dicker Band, ein medizinisches Lexikon, von der höchsten Stelle des Bücherregals mit einem dumpfen Schlag mitten in das Zimmer; eine dicke Staubwolke schlug mir entgegen; alles war fingerdick mit Staub bedeckt; meine anatomischen Präparate verschimmelt; alle meine Papiere und Schriften gelb und eingebogen; an den Ecken und Kanten der Möbel Spinngewebe; auf dem Tisch mit der gestrickten Decke lag ein Schreiben, welches weniger dick verstaubt war, als die übrigen Gegenstände; ich nahm es und ging damit zum Fenster, um es zu lesen; auf dem Weg dahin passierte ich den Spiegel; ich blickte in das vollständig blind gewordene Glas und blieb fast starr vor Schrecken: mein Haar war fast vollständig ergraut; mein Gesicht zitronengelb und ledern; meine Augen erloschen, und um die Mundwinkeln hatte ich, wie festgefroren, jenen Zug der Bitterkeit, wie ich ihn beim Mondmann in seinen düsteren Stunden bemerkt hatte. Entsetzt wandte ich mich ab und versuchte in meinem Gedankengang wenigstens die grauenhafte Couleur auf das schlechte Spiegelglas zu schieben.

Auf dem Weg zum Fenster fiel mein Blick in's Freie: ein schreckliches Bild der Zerstörung; nur schwarze Mauern und eingestürztes Gebälk. – Ich öffnete das Schreiben; es war von der Universität, und enthielt meine Relegation. Ich war erst fest entschlossen nicht zu weinen. Aber plötzlich wurde ich überwältigt. Und kaum fähig, mich noch aufrecht zu erhalten, machte ich noch einige Schritte, und brach dann schluchzend über meinem Bett zusammen. »Ach Gott!« – rief ich, auf den Knien liegend, und mein trockenes Gesicht in den staubigen Kissen vergrabend, – »ist das das Los, wenn wir aus Verzweiflung von der Erde fliehen, und andere Götter oder überirdische Gewalten aufsuchen; – zurückgekehrt, stoßen uns nun die Menschen auch von sich, und ohne einen überirdischen Besitz entdeckt zu haben, will man uns auch als irdische Bürger nicht mehr anerkennen, – und wir sind schwebend wie zwischen Himmel und Erde?« –

Über tredition

Eigenes Buch veröffentlichen

tredition wurde 2006 in Hamburg gegründet und hat seither mehrere tausend Buchtitel veröffentlicht. Autoren veröffentlichen in wenigen leichten Schritten gedruckte Bücher, e-Books und audio-Books. tredition hat das Ziel, die beste und fairste Veröffentlichungsmöglichkeit für Autoren zu bieten.

tredition wurde mit der Erkenntnis gegründet, dass nur etwa jedes 200. bei Verlagen eingereichte Manuskript veröffentlicht wird. Dabei hat jedes Buch seinen Markt, also seine Leser. tredition sorgt dafür, dass für jedes Buch die Leserschaft auch erreicht wird.

Im einzigartigen Literatur-Netzwerk von tredition bieten zahlreiche Literatur-Partner (das sind Lektoren, Übersetzer, Hörbuchsprecher und Illustratoren) ihre Dienstleistung an, um Manuskripte zu verbessern oder die Vielfalt zu erhöhen. Autoren vereinbaren direkt mit den Literatur-Partnern die Konditionen ihrer Zusammenarbeit und partizipieren gemeinsam am Erfolg des Buches.

Das gesamte Verlagsprogramm von tredition ist bei allen stationären Buchhandlungen und Online-Buchhändlern wie z. B. Amazon erhältlich. e-Books stehen bei den führenden Online-Portalen (z. B. iBookstore von Apple oder Kindle von Amazon) zum Verkauf.

Einfach leicht ein Buch veröffentlichen: **www.tredition.de**

Eigene Buchreihe oder eigenen Verlag gründen

Seit 2009 bietet tredition sein Verlagskonzept auch als sogenanntes "White-Label" an. Das bedeutet, dass andere Unternehmen, Institutionen und Personen risikofrei und unkompliziert selbst zum Herausgeber von Büchern und Buchreihen unter eigener Marke werden können. tredition übernimmt dabei das komplette Herstellungs- und Distributionsrisiko.

Zahlreiche Zeitschriften-, Zeitungs- und Buchverlage, Universitäten, Forschungseinrichtungen u.v.m. nutzen diese Dienstleistung von tredition, um unter eigener Marke ohne Risiko Bücher zu verlegen.

Alle Informationen im Internet: **www.tredition.de/fuer-verlage**

tredition wurde mit mehreren Innovationspreisen ausgezeichnet, u. a. mit dem Webfuture Award und dem Innovationspreis der Buch Digitale.

tredition ist Mitglied im Börsenverein des Deutschen Buchhandels.

Dieses Werk elektronisch lesen

Dieses Werk ist Teil der Gutenberg-DE Edition DVD. Diese enthält das komplette Archiv des Projekt Gutenberg-DE. Die DVD ist im Internet erhältlich auf **http://gutenbergshop.abc.de**